Bianca™

Chantelle Shaw
Deseos saciados

HARLEQUIN™

Editado por HARLEQUIN IBÉRICA, S.A.
Núñez de Balboa, 56
28001 Madrid

© 2012 Chantelle Shaw. Todos los derechos reservados.
DESEOS SACIADOS, N.º 2232 - 22.5.13
Título original: At Dante's Service
Publicada originalmente por Mills & Boon®, Ltd., Londres.

I.S.B.N.: 978-84-687-2732-5
Depósito legal: M-7222-2013
Editor responsable: Luis Pugni
Fotomecánica: M.T. Color & Diseño, S.L. Las Rozas (Madrid)
Impresión en Black print CPI (Barcelona)
Fecha impresion para Argentina: 18.11.13
Distribuidor exclusivo para España: LOGISTA
Distribuidor para México: CODIPLYRSA
Distribuidores para Argentina: interior, BERTRAN, S.A.C. Vélez
Sársfield, 1950. Cap. Fed./ Buenos Aires y Gran Buenos Aires,
VACCARO SÁNCHEZ y Cía, S.A.

Capítulo 1

DESTACABA. Excepcionalmente alto y guapo a rabiar. Rebekah no podía evitar mirar al hombre que se encontraba al otro lado del jardín, el corazón latiéndole con fuerza. Tenía unas facciones perfectas. Por el aspecto, con piel color oliva y cabello negro, parecía de origen mediterráneo. De fuerte mandíbula y boca sensual. Cejas espesas y negras por encima de unos ojos que ella muy bien sabía que eran grises.

Él estaba hablando con uno de los invitados, pero quizá sintió su mirada porque volvió la cabeza y sus ojos se encontraron desde un lado y otro del césped. Entonces, él sonrió, deleitándola y haciéndola sonreír a modo de respuesta. De repente, el resto de los invitados pareció desaparecer, solo Dante y ella existían en ese dorado día estival impregnado del olor a madreselva.

Oyó unos pasos a sus espaldas y, por el rabillo del ojo, vio a una alta y delgada rubia enfundada en un escotado vestido color escarlata. Notó que la mujer miraba hacia el otro lado del jardín y, de repente, se dio cuenta de que Dante no la había estado mirando a ella, sino a su amante, a Alicia Benson.

Sonrojada por su equivocación, se volvió de espaldas a él y forzó una sonrisa mientras pasaba la bandeja de canapés a un grupo próximo a ella.

«Idiota», se dijo a sí misma en silencio al tiempo que rezó por que Dante no se hubiera dado cuenta de que le había estado mirando como una quinceañera enamorada. En realidad, no era extraño que hubiera creído que Dante Darrell le había sonreído a ella. Durante los últimos dos meses, habían establecido una buena relación de trabajo. Pero solo era una relación profesional entre jefe y empleada.

Rebekah era la cocinera de Dante: preparaba las comidas de él y también la de las fiestas que daba. Era consciente de que, para él, era poco más que un objeto funcional y necesario, como el ordenador o el teléfono móvil. Le avergonzaban sus sentimientos hacia Dante y ahora estaba muy disgustada consigo misma por haberse atrevido a creer que Dante le había dedicado a ella su sensual sonrisa.

Al contrario que la encantadora Alicia, ella no atraía la atención de guapos y multimillonarios playboys, pensó mirándose el uniforme de pantalones a cuadros blancos y negros y chaqueta inmaculadamente blanca. Llevaba una ropa práctica que no sentaba bien a su curvilínea figura; peor aún, enfatizaba que no tenía un cuerpo esquelético como la moda dictaba. Llevaba el pelo recogido en una coleta debajo del gorro de cocinera, y sabía que, después de pasar horas en la cocina, debía tener el rostro enrojecido y sudoroso. Quizá debiera haberse maquillado un poco. No obstante, era poco probable que Dante reparara en su aspecto, pensó mientras veía a la hermosa mujer del vestido escarlata pegar el cuerpo al de él.

–He comido demasiado, pero estos canapés son irresistibles. ¿De qué es el relleno?

Esa voz sacó a Rebekah de su ensimismamiento y sonrió al hombre que se había detenido delante de ella.

–Es de salmón con salsa holandesa –repuso Rebekah.

–Son absolutamente deliciosos, como toda la comida que ha preparado –le dijo el hombre tras tomar un segundo canapé–. No consigo parar, Rebekah. Y, por supuesto, le estoy enormemente agradecido a Dante por habernos ofrecido su casa a Susanna y a mí para celebrar el bautizo de nuestro hijo. Creía que iba a tener que posponerlo... cuando el local que habíamos contratado nos llamó en el último momento para cancelar la reserva –comentó James Portman–. Pero Dante encargó la carpa y contrató a los camareros, y me aseguró que tenía la mejor cocinera de Londres.

Rebekah no pudo evitar una oleada de placer.

–¿En serio dijo eso?

–No tenía más que elogios para usted. Dante es un tipo estupendo –James sonrió–. Cuando su padre le pasó el testigo y se puso a la cabeza de Jarrell Legal, después de que sir Clifford se jubilara, todos los abogados, entre los que me incluyo, nos preguntábamos cómo sería trabajar con él. Dante tenía fama de ser una persona implacable, pero ha resultado ser un jefe excelente, y me atrevo a considerarle un amigo. Me ofreció su ayuda sin reservas para celebrar el bautizo y ha sido muy comprensivo y flexible estos últimos meses con la depresión posparto de Susanna.

James paseó la mirada a su alrededor y clavó los ojos en la bonita casa georgiana enfrente de Regent's Park.

–Ha sido un día excelente –murmuró James–. Realmente estoy en deuda con Dante. Sobre todo, teniendo en cuenta que el bautizo ha debido despertar en él dolorosos recuerdos.

Rebekah lo miró con expresión confusa.

–¿Qué quiere decir?

James se sonrojó y desvió la mirada.

–Ah... nada, nada. Solo me refería a algo que pasó hace años, cuando Dante vivía en Nueva York.

–No sabía que Dante había vivido en América –aunque era normal que no lo supiera. Dante no le hablaba de su vida personal y lo poco que sabía de él lo había leído en Internet.

En una página Web, había descubierto que Dante tenía treinta y seis años, que era el único hijo de un juez del Tribunal Supremo, sir Clifford Jarrell, y de Isabella Lombarda, una famosa cantante de ópera italiana. Según lo que decía en la página Web, la familia Jarrell era una familia aristocrática en cuyo seno, generaciones atrás, había habido un par de matrimonios con miembros de la familia real. Ahora, Dante, como único heredero, acabaría siendo el propietario de un palacete y una extensa propiedad en Norfolk. Aparte de la fortuna que iba a heredar en el futuro, había hecho dinero como abogado especializado en divorcios.

En cuanto a su vida privada... Ella solo sabía que había una larga lista de modelos, actrices y mujeres de la alta sociedad en la vida de Dante. Y que las prefería rubias. Había visto fotos suyas con rubias platino de largas piernas agarradas a su brazo. Pero, significativamente, Dante nunca había sido fotografiado con la misma mujer dos veces.

–Dígame, ¿cómo es que ha acabado usted de cocinera de Dante? –preguntó James, sacándola de su ensimismamiento.

–Antes trabajaba para una empresa de catering, una empresa que, fundamentalmente, preparaba almuerzos para gente de la City –explicó ella–. Dante estuvo en uno de esos almuerzos y, después de la comida, me ofreció este trabajo.

El sueldo y el hecho de que el trabajo incluyera la vivienda había hecho que le hubiera resultado imposible rechazarlo, recordó Rebekah. Pero, si era honesta consigo misma, debía reconocer que, en parte, había aceptado el trabajo porque el físico de Dante y su carismática personalidad la habían anonadado. Por eso, se había trasladado rápidamente al apartamento para empleados en Hilldeane House.

–Bueno, si alguna vez decide cambiar de trabajo, recuerde que hay un matrimonio con un niño...

–¿Qué, James, tratando de quitarme a la cocinera?

–No, en absoluto –respondió James con los ojos fijos en la perezosa sonrisa de su jefe, que se había acercado sin que ellos lo notaran–. Aunque, al parecer, tú se la robaste a una empresa.

–No lo niego –Dante encogió los hombros, atrayendo la mirada de ella a su formidable anchura.

Tan cerca de él, no podía evitar ser consciente de la altura y del magnetismo sexual que emanaba de ese hombre. Llevaba la chaqueta del traje desabrochada y, por debajo de la camisa blanca de seda, se podía vislumbrar la sombra del vello oscuro del pecho y también la vaga definición de los músculos abdominales.

Durante un segundo, lo imaginó desnudo acariciándole a ella. ¿Tenía el cuerpo tan moreno como el rostro?

Súbitamente, notó un intenso calor en las mejillas. Temerosa de que Dante se hubiera dado cuenta de cómo la afectaba, trató de alejarse. Pero, con horror, sintió la mano de Dante en su hombro.

–Reconozco el valor de algo, o alguien, cuando lo veo –comentó Dante sonriéndole a ella–. Inmediatamente, me di cuenta de que Rebekah era una cocinera de gran talento y decidí hacer lo posible por convencerla de que trabajara para mí.

Rebekah se puso tensa. Las palabras de Dante confirmaban sus temores: para él, ella no era más que una pieza insignificante en el engranaje de su vida. Al conocerse, a Dante le había impresionado cómo cocinaba, a ella le había impresionado él. Aunque no se trataba de amor, por supuesto. No era tan estúpida como para enamorarse de Dante. Pero la inconveniencia de sentirse atraída hacia él le había sorprendido enormemente ya que se había prometido a sí misma mantenerse alejada de los hombres después de la forma como Gareth le había tratado.

Quizá, después de dos años de soltería, su cuerpo

estaba saliendo del letargo que se había impuesto a sí misma.

En ese momento, vio a Alicia Benson acercándose a ellos acompañada de Susanna Portman, que llevaba en brazos a su hijo.

–¡Vaya, aquí está la estrella de la fiesta! –exclamó James al tomar a su hijo de siete meses en los brazos–. Eres demasiado pequeño para darte cuenta, Alexander, pero Dante y Rebekah han hecho todo lo humanamente posible por ofrecerte un día muy especial.

Al oír la voz de su padre, Alexander sonrió de oreja a oreja, mostrando unas rosadas encías y dos incipientes y diminutos incisivos.

Rebekah sintió un súbito dolor en el pecho que casi le impidió respirar.

–Es una maravilla, ¿verdad? –dijo James orgulloso de su hijo–. ¿Quiere tomarlo en los brazos? –le preguntó a ella, notando cómo miraba al pequeño–. Páseme la bandeja para que pueda sujetar a Alexander.

Alexander, con sus brazos y piernas regordetes y rizos dorados, era adorable. Pero a Rebekah el dolor de la pérdida le resultó casi insoportable.

Rebekah agarró la bandeja con fuerza y, forzando una sonrisa, respondió tras un embarazoso silencio:

–Alexander parece satisfecho en los brazos de su padre, no quiero molestarle.

Entonces, miró en dirección a la carpa y añadió:

–Los camareros están limpiando las mesas. Será

mejor que vaya a ayudarlos. Les ruego me disculpen.

¿Por qué esa reacción? Se preguntó Dante mirando a Rebekah mientras se alejaba. Había tenido la mano apoyada en el hombro de ella y la había notado tensarse cuando James le había invitado a sostener a su hijo. Al principio, había supuesto que Rebekah era una de esas mujeres que no soportaban que un bebé les ensuciara la ropa de baba, como había notado que le ocurría a Alicia.

Resistió la tentación de seguirla y preguntarle qué le ocurría. Sabía que difícilmente Rebekah iba a hacerle confidencias. Llevaba dos meses trabajando para él, pero aunque su comportamiento era en todo momento correcto, era una mujer reservada y apenas la conocía. En general, no pensaba mucho en ella, solo reconocía que sabía hacer su trabajo muy bien.

Al margen de la extraña actitud de Rebekah, había otro motivo que le impedía estar contento y a gusto ese día. El bautizo le había hecho revivir dolorosos recuerdos, recuerdos enterrados hacía tiempo. Se había acordado de lo orgulloso y feliz que se había sentido en el bautismo de Ben. Por aquel entonces, había creído poseer todo lo que un hombre pudiera desear: una hermosa esposa y un hijo, éxito en el trabajo y una preciosa casa.

Conservaba dos de las cuatro cosas.

—Cariño, ¿cuándo crees que se marcharán los invitados? —le preguntó Alicia sin apenas ocultar su aburrimiento–. No es posible que la fiesta siga mucho más tiempo.

Dante se puso tenso cuando su amante le colocó una mano en el brazo. La inesperada aparición de Alicia en la fiesta era otra de las causas de su mal humor. Se había enterado en la iglesia que Alicia había sido compañera de colegio de Susanna Portman.

Hacía semanas que había roto con Alicia, pero esa mujer parecía decidida a pegarse a él, literalmente.

–Has venido como invitada de James y de Susanna, por lo que supongo que has leído la invitación al bautizo, en la que se dice que la fiesta acaba a las seis de la tarde.

A la rubia no le ofendió el seco tono de voz de él.

–He pensado que podías venir a mi casa esta tarde... para tomar una copa y relajarte –le pasó la yema de un dedo de uña escarlata por la pechera de la camisa.

Sin saber por qué, a la mente de Dante acudió la imagen de las uñas cortas y sin pintar de Rebekah. Alicia nunca debía haber amasado harina con esas manos de manicura exquisita, pensó aún preocupado por el hecho de que su cocinera tuviera algún motivo de disgusto.

–No, lo siento –respondió Dante apartando la mano de Alicia con firmeza–. Mañana tengo un juicio y esta noche debo repasar las notas del caso.

Alicia frunció el ceño, pero no discutió con él. Quizá había notado que se le estaba acabando la paciencia.

—¿Podrías llevarme a casa por lo menos? Odio los taxis.

Dante estaba dispuesto a hacer cualquier cosa con tal de deshacerse de ella.

—Sí, por supuesto. ¿Quieres irte ya?

—Sí. Espera un momento, voy a recoger mi chal —contestó ella.

Media hora después, James y Susanna Portman, junto al resto de los invitados, se habían marchado, pero Dante aún estaba esperando a Alicia para llevarla a su casa en coche. Con suma impaciencia, se dirigió a la cocina y encontró a Rebekah trabajando todavía. En la encimera había montones de papeles con recetas de cocina y del horno salía un delicioso aroma, que esperaba fuera el de su cena.

Rebekah lo miró al verle entrar y él notó que ella seguía muy pálida, aunque no tanto como la había visto tornarse en el jardín.

—¿Estás bien ya?

Rebekah lo miró con expresión de sorpresa, pero él notó que se tensaba.

—Sí, claro. ¿Por qué no iba a estar bien?

—No lo sé —Dante se encogió de hombros—. Me ha dado la impresión de que, cuando estábamos mirando al niño de James, te has disgustado por algo. Te pusiste más blanca que la cera cuando él te preguntó si querías tomar al niño en los brazos.

—Ah, bueno, es que... tenía migraña —contestó ella—. Me dio así, sin más, y tuve que venir rápidamente a tomarme una pastilla.

Dante vio su sonrojo. Rebekah debía ser la peor mentirosa del mundo. Pero estaba claro que no iba a decirle qué le había pasado y a él no le quedó más remedio que dar el tema por zanjado. Ni siquiera comprendía por qué sentía esa curiosidad respecto a una de sus empleadas.

Se miró el reloj y vio que eran casi las siete de la tarde. Todavía tenía que trabajar un par de horas antes de acostarse y se arrepintió de haberle prometido a Alicia llevarla a su casa, que estaba en la otra punta de Londres.

—¿Has visto a la señorita Benson? —preguntó él con voz tensa.

—Sí, la he visto. Está en el cuarto de estar delantero llorando amargamente. Pobre mujer.

Dante frunció el ceño.

—¿Sabes por qué está llorando?

—Es evidente que está llorando por ti —Rebekah apretó los labios—. Me ha dicho que habéis tenido una discusión. Estaba llorando, así que le he sugerido que se calmara. Creo que deberías ir a hablar con ella.

Dante apenas podía contener el enfado. ¿Qué se traía Alicia entre manos?

—Iré a hablar con ella —murmuró Dante cruzando la cocina—, pero dudo mucho que le guste lo que voy a decirle.

—He preparado cena para la señorita Benson y usted.

Dante se detuvo en el umbral de la puerta y se volvió a Rebekah con mirada amenazante.

—¿Por qué demonios has hecho eso? ¿Acaso te lo he pedido?

—Bueno, no... Pero he pensado que, como la señorita Benson estaba tan disgustada, quizá la ibas a invitar –Rebekah hizo una pausa tras la cual alzó la barbilla y lo miró con fijeza–. ¿Sabes? Deberías tener un poco más de consideración con tus novias.

Dante, haciendo un esfuerzo, controló su irritación. Le enfurecía el comportamiento de su exnovia, pero aún más que Rebekah pareciera creerse con el derecho de interferir en su vida íntima.

–¿Me permites que te recuerde que eres mi cocinera, no la voz de mi conciencia? –dijo él con frialdad.

En vez de disculparse, como él había esperado, Rebekah alzó la barbilla con expresión retadora. Desde el primer momento de verla, le habían sorprendido sus hermosos ojos color violeta; en ese momento, habían oscurecido hasta el punto de parecer azul marino.

–No me había dado cuenta de que tuvieras conciencia. Y no es necesario que me recuerdes cuál es mi trabajo porque lo sé muy bien. Sin embargo, no es parte de mi trabajo dar explicaciones a tus novias cuando llaman a la casa porque tú no contestas a las llamadas al móvil. Y tampoco forma parte de mi trabajo consolarlas cuando se deshacen en lágrimas porque creían que significaban algo para ti y no comprenden por qué las has dejado.

Dante frunció el ceño.

–Cosa que ocurre con frecuencia, ¿no? –preguntó él.

Rebekah vaciló antes de contestar.

–No con frecuencia –admitió ella–. Pero ha pasado en una ocasión antes de esta , con la actriz pelirroja que pasó aquí un fin de semana justo cuando yo vine a trabajar aquí. Y ahora es la señorita Benson.

–No, no es nada parecido –respondió él–. Alicia es una teatrera, uno de los motivos por el que rompí con ella hace unas semanas –Dante apretó la mandíbula–. Y tú y yo continuaremos esta charla cuando acabe de aclarar la situación con ella de una vez por todas.

Dante cerró de un portazo la puerta de la cocina y Rebekah se mordió los labios. La furibunda mirada que Dante le había lanzado era una advertencia de que se había extralimitado, que había sobrepasado la frontera entre jefe y empleada, y que podía esperar una confrontación cuando volviera.

Rebekah sabía que la vida íntima de Dante no era asunto suyo, que no tenía derecho a hacer comentarios al respecto. Quizá fuera a despedirla. El corazón se le encogió al pensar en esa posibilidad.

–¡Idiota! –murmuró para sí.

Aquel era el mejor trabajo que había tenido en su vida. ¿Por qué no se había guardado su opinión para sí misma?

La cuestión era complicada. En primer lugar, se sentía algo baja de ánimo desde aquella mañana, desde que su madre llamó para decirle que Gareth y Claire habían tenido un bebé.

–Una niña –y al momento, le habían dado ganas de volver a casa, de ir al lado de las personas importantes para ella–. Como antes o después ibas a enterarte, me ha parecido que debía decírtelo.

Así que Gareth era padre. Al parecer, ahora sí

había querido tener un hijo, pensó ella con amargura. Y tras la conversación con su madre, se había encontrado abrumada con los recuerdos del pasado. Había combatido su desanimo con el trabajo. Sin embargo, al sugerir James que tomara en los brazos al pequeño Alexander, había tenido que marcharse de allí a toda prisa antes de perder la compostura.

Y seguía deprimida cuando Alicia Benson había entrado en la cocina, hecha un mar de lágrimas, y le dijo que Dante le había engañado al hacerla creer que lo que había entre los dos era serio. Por supuesto, se había compadecido de Alicia. Ella también sabía lo que era que le rompieran a una el corazón y destrozaran sus sueños.

Rebekah comenzó a meter en el lavavajillas los cacharros que había utilizado para preparar un pollo estilo tailandés, aún pensando en Dante. No comprendía por qué le atraía tanto ese hombre.

El sonido de unos pasos en el pasillo la hicieron ponerse tensa. Alzó la barbilla con gesto desafiante en el momento en que la puerta de la cocina se abrió y Dante entró. No se había extralimitado al recordarle que sus tareas como cocinera no incluían consolar a sus exnovias, se aseguró a sí misma.

Tras lanzarle una fugaz mirada, notó que Dante se había quitado la corbata y se había desabrochado los botones superiores de la camisa. Olió el perfume de la loción para después del afeitado y, desgraciadamente, no pudo evitar que el corazón le latiera con más fuerza.

–La señorita Benson se ha marchado y no volverá jamás –le informó él en tono seco–. Y ahora,

¿se puede saber a qué demonios se ha debido tu reacción?

Lo sensato era pedirle disculpas por meter las narices donde no la llamaban, pero Rebekah no hizo eso. La llamada telefónica de su madre había evocado recuerdos del día que Gareth canceló su boda. Todavía se acordaba de la angustia que la poseyó cuando él admitió que llevaba meses acostándose con Claire. ¿Era demasiado pedir a un hombre que fuera honesto y sincero en su relación con una mujer?

—No voy a disculparme por compadecerme de tu novia —declaró ella con voz tensa—. Sé que para ti no tienen importancia los sentimientos de las mujeres con las que mantienes relaciones. Pero considero indigno de ti que engañaras a la señorita Benson haciéndola creer que ibas en serio con ella.

Dante lanzó una maldición.

—Yo no la he engañado. Desde el principio, le dejé muy claro, como hago siempre, que no me interesaba una relación prolongada. No sé qué te ha contado Alicia; pero si te ha dicho que yo me había comprometido en serio con ella, ha mentido descaradamente.

Rebekah no sabía por qué, pero estaba segura de que Dante decía la verdad; además, por lo que le conocía, sabía que no era un mentiroso. Apartó los ojos de él y comenzó a ojear las recetas que había encima del mostrador de la cocina.

—Entiendo. En fin, la verdad es que eso no tiene nada que ver conmigo. No debería haber dicho nada —murmuró ella.

–Eso es verdad, no deberías haberlo hecho. Yo te pago para que cocines, no para que sueltes sermones sobre moralidad. Además, ¿por qué demonios te tiene a ti que importar con quién me acuesto?

–No me importa. No tengo ningún interés respecto a tus actividades en la cama.

–¿No? –preguntó Dante con mirada especulativa.

Dante sintió la tensión de ella, lo que despertó su curiosidad. Sabía muy poco respecto a Rebekah. Ella le había contado algunas cosas, como que se había criado en una granja en Gales y que se había preparado para ser cocinera en un hotel en un pueblo de nombre imposible de pronunciar. Pero nada sobre su vida privada. No parecía tener novio y, sin embargo, ¿cómo era que una mujer joven y atractiva estuviera soltera?

–¿No estarás celosa? –sugirió él con intención de irritarla.

Pero la reacción de ella le sorprendió.

–¡Claro que no estoy celosa! –le espetó Rebekah–. Qué idea más ridícula. De una relación quiero algo más que ser el juguete de turno de un hombre rico.

–Mis juguetes no suelen quejarse –comentó Dante, consciente de que lo que quería era enfadarla.

–No quiero saber nada más sobre tu vida íntima –declaró Rebekah recogiendo los papeles con las recetas mientras rezaba porque Dante no notara que le temblaban las manos.

–En ese caso, te sugiero que no vuelvas a meterte en mi vida privada ni a juzgar mi comportamiento.

Dante clavó los ojos en los tensos hombros de

ella y, de repente, sintió deseo de deshacerle la coleta, quitarle las horquillas y soltarle el pelo. Suspiró. Su enfado se había disipado.

—Voy a olvidar lo que ha pasado aquí esta tarde, pero doy por contado que no volverás a meterte en mis asuntos privados. Y ahora... ¿has preparado cena para dos?

Rebekah sintió un gran alivio al comprobar que Dante no iba a despedirla.

—Sí, pero se puede congelar lo que no vayas a comer.

—Tengo una idea mejor. Cena conmigo —la mirada de él le indicó que era mejor no oponerse—. Es una oportunidad para que nos conozcamos mejor. Y si tienes algún problema, para que me lo digas.

Capítulo 2

QUÉ diría Dante si ella le respondiera que su problema era cuando le veía entrar en la cocina por la mañana vestido únicamente con una bata negra? Los días de diario Dante siempre aparecía impecablemente vestido, bebía un café y tomaba una tostada rápidamente mientras ojeaba algún papel que otro. Pero los fines de semana le gustaba desayunar tranquilamente y leer los periódicos durante una hora.

La primera vez que Rebekah se vio delante de un Dante medio desnudo con el pelo mojado de la ducha y la mandíbula ensombrecida por la barba incipiente temió desmayarse. Incluso ahora, el recuerdo de las largas y morenas piernas y el vello del pecho hacía que se le acelerara el pulso.

No se atrevió a mirarlo y, rápidamente, se dirigió hacia el horno y lo abrió.

—Ve al comedor, llevaré la cena enseguida.

Unos minutos después, Rebekah entró en el comedor empujando el carrito con la comida. Al ver la expresión de enfado de Dante, se detuvo.

Dante miró la mesa, con velas y rosas que ella había cortado de los rosales del jardín.

–¿Por qué demonios se te ocurrió hacer de Celestina? –Dante entrecerró los ojos–. ¿Fue idea de Alicia? ¿Te pidió ella que le dieras un toque romántico a cena?

–No, fue idea mía. Me pareció que... –Rebekah se interrumpió. Era imposible explicar por qué había albergado la esperanza de que la relación entre Dante y Alicia fuera una relación seria. De tener Dante novia formal, ella tendría que reconocer que su atracción por él era algo ridículo, lo que la habría ayudado a dejar de soñar con él.

Rebekah apartó los ojos del atractivo rostro de Dante, maldiciéndose a sí misma por el deseo que no podía contener.

–Retiraré las flores –murmuró ella al tiempo que ponía la comida de Dante en la mesa.

–Déjalo, da igual. Siéntate y come antes de que se enfríe –dijo Dante con voz dura después de que ella se inclinara para agarrar el jarrón con las rosas–. Y... ¿no podrías quitarte el delantal para cenar?

–Perdón –respondió Rebekah con voz tan dura como la de él al tiempo que llevaba las manos a la espalda para desatarse el delantal, que dejó en la silla contigua a la que ocupó.

Dante se recostó en el asiento y se quedó mirando a Rebekah, que no había dejado de sorprenderle en todo el día: primero, el incidente con Alexander, el hijo de James Portman; después, el extraño comportamiento de Rebekah con su examante. Y ahora, por primera vez desde que la conocía, se había quitado la chaqueta de cocinera y llevaba una camiseta blanca que dejaba ver el moldeado de sus pechos. Y la curvilínea figura de Rebekah resultó ser una agradable sorpresa.

Pero mayor sorpresa fue la reacción de su cuerpo al verse presa de un súbito e inesperado deseo. No, nada extraño, solo la reacción de cualquier hombre a las curvas femeninas. Quizá se debiera a su sangre italiana que le gustaran más unos senos abundantes y unas pronunciadas caderas que los cuerpos esqueléticos de moda.

Dante se aclaró la garganta antes de preguntar:

—¿Qué prefieres, vino tinto o blanco?

—Gracias, pero no quiero vino —respondió ella—. El alcohol se me sube enseguida a la cabeza.

—¿Sí? —Dante imaginó a su cocinera después de un par de copas de vino: ojos brillantes, mejillas encendidas y desinhibida. Y se sirvió una copa de Chianti—. Después de bregar con el inaceptable comportamiento de Alicia, una borrachera no me parece mala idea.

—¿No te preocupa acabar solo, sin nadie? Estoy segura de que la mayoría de los playboys acaban aburriéndose de acostarse cada día con una mujer distinta —a Rebekah, el sentido común le recomendaba no discutir con él, pero aquella noche no podía controlar su vena rebelde; además, estaba enfadada con los hombres en general y con Dante en particular. Aunque, si era sincera, estaba aún más enfadada consigo misma por sentirse atraída por él.

—A mí todavía no me ha pasado eso —contestó Dante cansinamente, irritado por considerar un atrevimiento por parte de Rebekah hacer semejante comentario respecto a su estilo de vida.

Desde luego, no estaba dispuesto a admitir que últimamente se sentía hastiado.

–¿Qué propones tú como alternativa a las relaciones libres y sin compromiso? –preguntó él, la pregunta dirigida en parte a sí mismo. El matrimonio no era para él, lo había probado una vez y no iba a repetir la experiencia. Pero debía haber algo más que un sinfín de aventuras amorosas con mujeres que fuera de la cama no le interesaban en absoluto–. Dejé de creer en «contigo para toda la vida» más o menos al mismo tiempo que dejé de llevar pantalones cortos.

–¿Por qué eres tan cínico? Aunque supongo que es por tu trabajo –murmuró Rebekah–. Sin embargo, no todos los matrimonios acaban en los juzgados. Mis padres llevan cuarenta años felizmente casados.

–Me alegro por ellos –dijo él burlonamente–. Desgraciadamente, yo no me crié en el seno de una familia estable. Mis padres se separaron cuando yo era muy pequeño y se pasaron toda mi infancia peleándose por mí. Y no porque me quisieran, sino porque los dos querían ganar a toda costa, como fuera.

Rebekah percibió el tono de amargura en las palabras de Dante, y se sintió culpable por haber sacado ese tema de conversación.

–Debiste pasarlo mal –observó Rebekah con voz queda, tratando de imaginar la infancia de Dante, manipulado por sus progenitores.

Ella, por el contrario, había tenido una infancia feliz y siempre había soñado con tener hijos y ofrecerles el mismo ambiente de cariño y seguridad que sus hermanos y ella habían disfrutado.

Guardaron silencio y continuaron comiendo. Dante le felicitó por la cena, pero ella había perdido el apetito y se limitó a juguetear con la comida que tenía en el plato.

—Me sorprende que no estés casada —dijo él de repente—. Das la impresión de ser la clase de mujer a la que le gusta estar casada y tener un par de hijos. Sin embargo, tienes... ¿cuántos, veintitantos años? Y aún soltera.

—Veintiocho. No soy una anciana —respondió ella con voz tensa.

Dante había tocado un punto débil; sobre todo, al mencionar niños. No se percató de que Dante se había fijado en la fuerza con la que estaba agarrando el cuchillo y el tenedor.

Tras un prolongado silencio, Rebekah se dio cuenta de que Dante estaba esperando a que continuara la conversación.

—Sí, algún día me gustaría casarme y tener hijos —admitió Rebekah, sin añadir que el deseo de tener un hijo era casi como un dolor físico a veces—. Sin embargo, de momento estoy centrándome en mi trabajo.

—¿Por qué te hiciste cocinera?

—Supongo que es porque cocinar ha sido siempre parte de mi vida; y cuando dejé el colegio, estudiar para hacerme cocinera profesional me pareció lo natural. Fue mi abuela quien me enseñó a cocinar. Ya hacía pan y bollos a los siete u ocho años, y ayudaba a mi madre en la cocina —explicó Rebekah—.

Lo que venía bien, ya que tengo siete hermanos; de ellos, seis son mayores que yo, Rhys es el pequeño. Los chicos ayudaban a mi padre en las tareas de la granja, todos jugaban al rugby y comían mucho. Mi madre dice que, cuando venían de las faenas del campo, era como dar de comer a un ejército. Creo que se llevó una enorme alegría al tener una hija. Desde pequeña la ayudaba en las tareas de la casa.

—Yo no tengo hermanos, así que me resulta difícil imaginar lo que es criarse en el seno de una familia numerosa. ¿No te sentaba mal dedicarte a las labores domésticas en vez de trabajar en el campo como tus hermanos?

Rebekah se echó a reír.

—Mi familia es muy tradicional, pero a mí eso nunca me ha importado. Estamos todos muy unidos, a pesar de que ahora los mayores están casados y con hijos. Mi madre tenía demasiadas cosas que hacer siempre, por lo que no tenía tiempo para enseñarme a cocinar, pero a mi abuela le encantaba enseñarme a preparar recetas antiguas tradicionales y otras inventadas por ella. Mi abuela Glenys ya tiene noventa y pico años, pero de joven trabajaba de cocinera en la casa de un general del ejército, y llegó a viajar con él y su familia a India y al Oriente Próximo. Su estilo de cocinar, aunque basado en la comida tradicional galesa, estaba influenciado por el tiempo que pasó en el extranjero.

Rebekah vaciló, preguntándose si no estaría aburriendo a Dante. Aunque llevaba dos meses trabajando en casa de él, nunca habían mantenido una conversación sobre temas personales y era consciente de que los detalles de su vida no eran nada extraordinario. Pero al levantar los ojos y mirarle, le sorprendió observándola con expresión de interés.

–Lo cierto es que estoy preparando un libro de cocina que es una recopilación de las recetas de mi abuela. Estoy cambiando algunos ingredientes, modernizándolas un poco; por ejemplo, sustituyendo la nata por nata desgrasada y cosas por el estilo. Una editorial parece interesada y sé que a mi abuela le encantaría ver sus recetas en un libro. Pero la pobre está bastante delicada y necesito darme prisa en terminar el libro.

La mirada de Rebekah se endulzó al pensar en la diminuta anciana que recientemente había tenido que salir de su casa para irse a vivir con sus padres de Rebekah.

–Pareces muy apegada a tu abuela.

–Sí, lo estoy. Mi abuela es una persona maravillosa.

A Dante le hipnotizó la tierna sonrisa de Rebekah y no comprendió por qué no se había dado cuenta hasta entonces de lo bonita que era. Quizá se debiera a la ropa y al pelo, que siempre llevaba recogido en una coleta en lo alto de la cabeza.

Sin embargo, no era del todo verdad que no se hubiera fijado en ella antes. Siempre que Rebekah entraba en la habitación que estaba él, era consciente de respirar su perfume; y, a veces, cuando ella se inclinaba para servirle la comida, le invadía el deseo. Los ojos color violeta de ella eran preciosos, con oscuras y largas pestañas.

–Yo estaba muy unido a mi abuela. La adoraba –en el momento en que esas palabras escaparon de sus labios, se preguntó por qué había hecho semejante confesión a su cocinera cuando jamás le había dicho nada tan personal a ninguna de sus amantes–. Murió el año pasado, tenía noventa y dos años.

–¿Vivía con el resto de tu familia, en Norfolk? He mirado en Internet y me he enterado de que la familia Jarrell posee una finca y un palacete cerca de Kinas Lynn –admitió Rebekah, enrojeciendo visiblemente al ver la expresión de sorpresa de él.

–No. Mi abuela Perlita era mi abuela italiana. Vivía en la Toscana, donde yo nací. Hace años mis abuelos compraron un antiguo monasterio en ruinas con la idea de rehabilitarlo y vivir ahí. Cuando, al poco de comprarlo, mi abuelo murió, todos supusieron que Perlita iba a venderlo; pero ella se negó a marcharse de allí y se encargó personalmente de vigilar la rehabilitación. Dijo que *Casa di Colombe*, la Casa de las Palomas, era un monumento a su marido.

–Qué bonito –dijo Rebekah con voz queda–. Debes echarla mucho de menos.

–Todos los veranos pasaba el mes de julio en la Toscana. Este es el primer año que mi abuela no va a estar en la casa y se sentirá su vacío.

Pensar en su abuela le emocionó. Después de descubrir la verdad sobre Ben y enterarse de que Lara le había engañado, su abuela había sido la única persona en quien se había podido apoyar y con quien se había desahogado.

–Dante... ¿te pasa algo?

Rebekah le hizo volver al presente y se dio cuenta de la fuerza con que agarraba la copa de vino.

–¿Te ha sentado mal la salsa? –preguntó ella angustiada–. Sé que tiene un sabor peculiar. Quizá he puesto demasiada hierba limón.

–No, la salsa está muy bien –le aseguró él–. La cena es excelente, como de costumbre.

Entonces, decidido a llevar la conversación por otros derroteros, añadió:

–Has dicho que, de momento, te estás centrando en tu trabajo... ¿Es por eso por lo que te marchaste de Gales hace dos años y viniste a Londres?

–Sí –respondió ella tras un prolongado silencio.

Dante arqueó las cejas con gesto interrogante.

–Yo... tenía novio –explicó Rebekah con desgana. Sabía que tenía que explicarse mejor, pero no quería contarle todo. Quizá algún día lograra perdonarse a sí misma por haber sido tan tonta, por haber permitido que Gareth la engañara de esa manera–. Rompimos y decidí comenzar una nueva vida.

–¿Por qué rompiste con tu novio?

–Porque... porque él se enamoró de otra –murmuró Rebekah.

–Ah, eso explica muchas cosas.

–¿Qué es lo que explica? –preguntó Rebekah irritada al notar la expresión de Dante, que parecía sumamente satisfecho consigo mismo.

–Para empezar, que te entrometieras en el asunto con Alicia. Tu novio te dejó, supongo que te fue infiel, y ahora crees que todos los hombres, yo incluido, somos tan poco de fiar como él.

–De ti una no se puede fiar, desde luego –Rebekah no sabía cómo habían iniciado esa conversación ni adónde conducía, pero reconocía la veracidad de las palabras de Dante. La traición de Gareth la había hecho dudar de su capacidad para juzgar a la gente–. Es más, eres cien veces peor que Gareth –añadió apasionadamente–. Nunca pasas más de cinco minutos con una mujer.

–Cierto, pero yo no engaño ni soy infiel a nadie –contestó Dante–. Como regla, nunca salgo con más de una mujer al mismo tiempo, y siempre corto una relación antes de empezar otra. Desde el principio de las relaciones, dejo claro que no quiero nada serio ni duradero. No negarás que eso es mucho mejor que engañar a una mujer con falsas esperanzas.

–En otras palabras, eres el no va más de la virtud en lo que a las relaciones se refiere –comentó ella irónicamente.

–En mi opinión, sí –respondió Dante completamente en serio–. Desde luego, nada más lejos de mi intención que hacer daño a nadie.

Rebekah apartó el plato de comida que apenas había probado. Quizá Dante tuviera razón. Quizá fuera mejor tener relaciones con alguien que no quería comprometerse a tenerlas con un hombre que, en principio, sí quería, pero luego traicionaba la confianza depositada en él.

–Debiste romper hace ya tiempo y viniste a Londres –dijo Dante, interrumpiendo los pensamientos de ella–. ¿Y ahora? ¿Sales con alguien?

–No –murmuró Rebekah.

Dante se recostó en la silla y bebió un sorbo de vino.

–¿No te parece que ya llevas demasiado tiempo penando por ese tipo en Gales? Tienes que salir y divertirte. Y te sugiero que renueves un poco tu vestuario. No lo tomes a mal, pero con la ropa que llevas no vas a conseguir nunca atraer a un hombre.

Rebekah enfureció.

–La ropa que llevo no tiene nada de malo, es ropa seria y apropiada para el trabajo. ¿Preferirías que sirviera las cenas vestida de corista?

–Vaya, cómo no se me había ocurrido...

El brillo travieso de los ojos de Dante la hizo enrojecer, y el ambiente se cargó de una inexplicable tensión. Perpleja, bajó la mirada. Pero cuando volvió a alzar los ojos y los clavó en el rostro de Dante, se preguntó si no habría sido su imaginación la que le había hecho pensar que la tensión entre ambos había sido sexual.

–En cualquier caso, salgo, no me paso el día encerrada en la casa –declaró Rebekah.

–No creo que vayas a encontrar novio yendo a clases de cerámica por las tardes –comentó él burlonamente.

–No recuerdo haber dicho que quiero echarme novio.

–¿Así que vas a permitir que una relación fallida te afecte durante el resto de la vida?

–No, pero...

–No puedes anclarte en el pasado, Rebekah. Tienes que seguir con tu vida.

Rebekah frunció el ceño.

–¿Lo dices por experiencia?

Dante le dedicó una inexpresiva sonrisa, pero ella notó cómo se le endurecía la expresión.

–No olvides que soy un playboy –dijo él con ironía–. Para mí no es problema ir de una relación a otra. Pero ahora en serio... no debe ser fácil trasladarte a una ciudad como Londres y hacer amigos. Podría presentarte a gente. Por ejemplo, mañana voy a asistir al estreno de un musical en el West End y luego a la fiesta del estreno, así que... ¿por qué no vienes conmigo?

Era normal querer ayudar a Rebekah a hacer de Londres su casa, se dijo Dante a sí mismo. Era una cocinera fantástica y él no quería que se le ocurriera volver a Gales por no encontrarse bien allí. Quizá, si salía con ella un par de veces, la ayudaría a hacer amigos.

Rebekah tragó saliva.

–¿Estás invitándome a salir una noche contigo? –Rebekah quería asegurarse de que no había oído mal.

–Te sentará bien salir.

A Rebekah le dio un vuelco el estómago al darse cuenta de que Dante la había invitado a salir con él porque le daba lástima. Estaba a punto de rechazar la invitación, pero el orgullo se lo impidió. Ni aún penaba porque Gareth la hubiera dejado ni tampoco era la pobre víctima de una relación fallida que Dante creía que era. No había motivo por el que no podía ir al teatro con él.

–Está bien, te acompañaré –respondió ella rápidamente, antes de echarse atrás–. Nunca he asistido a un estreno. ¿Cómo deba vestir?

–A estos estrenos la gente suele ir con ropa de noche, las mujeres con vestidos largos, hasta los pies.

Rebekah repasó mentalmente su guardarropa y se dio cuenta de que no tenía nada apropiado para la ocasión.

–En ese caso, tendré que ir de compras.

Dante se sacó la billetera del bolsillo, agarró una tarjeta de crédito y la dejó encima de la mesa, empujándola hacia ella.

–Toma la tarjeta y cómprate lo que necesites.

–Ni hablar –respondió ella ofendida–. No te preocupes, puedo permitirme comprar mi propia ropa.

Si su madre llegara a enterarse de lo que le había costado el vestido, le daría una apoplejía, pensó Rebekah al día siguiente por la tarde, conteniendo el sentimiento de culpa mientras se vestía para salir con Dante. Aún no comprendía por qué se había gastado ese dineral en ese vestido de seda que, casi con toda seguridad, no tendría ocasión de volver a ponerse.

Pero no se arrepentía de haber comprado el vestido. Había pasado la mañana entera en Oxford Street probándose vestidos de noche que no le sentaban bien. Y eso le había hecho darse cuenta de que escondía su cuerpo, de curvas pasadas de moda, tras el uniforme de cocinera.

Por fin, un vestido en un escaparate de Bond Street había llamado su atención. A pesar del precio, la dependienta le había convencido para que se lo probara.

—Es del mismo color que sus ojos –le había dicho la mujer.

En el probador, Rebekah se había quitado la ropa y la dependienta le había subido la cremallera del vestido.

—No me sienta mal –había comentado ella mirándose al espejo.

—Está deslumbrante –le había asegurado la empleada–. Este vestido parece hecho para usted.

Era la primera vez que alguien le había dicho que estaba deslumbrante, pensó Rebekah. Pero el vestido le sentaba realmente de maravilla. El diseño tenía sujeción, por lo que no necesitaba sujetador, y el escote era verdaderamente atrevido. Los delicados tirantes tenían unos adornos que brillaban; pero, a parte de eso, el vestido era un sencillo tejido de seda que le acariciaba la forma del cuerpo como las manos de un amante. Enrojeció al pensar en las manos de Dante...

Además del vestido, había comprado unas sandalias plateadas de tacón fino y alto, y un bolso de mano haciendo juego. Y después de gastar tanto dinero, había decidido tirar la casa por la ventana y había ido a un salón de belleza para someterse a unos tratamientos que la habían dejado sintiéndose una Rebekah distinta, una Rebekah seductora y llena de confianza en sí misma.

Salió del apartamento localizado en el sótano de la casa y comenzó a subir las escaleras, y descubrió que caminar con falda larga y tacones altos era un arte que tendría que aprender a dominar rápidamente.

Se detuvo delante de la puerta cerrada del cuarto de estar, vacilante. Por fin, respiró hondo y abrió la puerta.

Dante estaba sirviéndose una copa. Le había dicho a Rebekah que estuviera lista para las siete, pero solo eran las siete menos cinco y suponía que tardaría en aparecer unos quince minutos más. Las mujeres, en su mayoría, se hacían esperar.

Al oír la puerta, sorprendido, alzó los ojos y se quedó atónito.

—¿Rebekah...?

Durante unos segundos, no pudo creer que la exquisita criatura que tenía delante era su cocinera. Y se quedó hipnotizado cuando ella comenzó a caminar hacia él con fluida gracia en sus movimientos. Al acercarse, notó que sus increíbles ojos violeta eran del mismo color que el vestido.

Sí, era Rebekah. Pero... ¡Qué transformación! Hasta entonces no la había visto con el pelo suelto, un pelo color chocolate que le caía sedosamente por la espalda. Los párpados estaban difuminados con sombras grises que acentuaban el color de los ojos, y los labios mostraban un brillo rosado.

Y el vestido...

Dante se llevó el vaso a los labios para refrescarse la garganta. Era como si a Rebekah la hubieran bañado en seda, una seda que moldeaba su voluptuosa figura. Al clavar los ojos en las curvas de los senos, el inicio de una repentina erección le hizo contener la respiración. Se sintió desconcertado. No estaba acostumbrado a perder el don de la palabra, pero no sabía qué decir.

Solo en una ocasión se había rendido a una mujer; y, al recordarlo, tensó la mandíbula. No quería sentirse atraído por Rebekah.

El silencio de Dante hizo que Rebekah perdiera los nervios.

—Si el vestido no es apropiado no podré ir al teatro contigo esta noche. No tengo otra cosa que ponerme.

La reacción de Dante, o más bien la falta de reacción, la había dejado destrozada. Y también estaba enfadada porque sabía que, en el fondo, había querido impresionarle.

—El vestido es apropiado. Te sienta bien —respondió Dante haciendo un esfuerzo.

Pero al instante vio desilusión en el rostro de Rebekah, y se maldijo a sí mismo por haber sido innecesariamente brusco. Entonces, se acercó a ella sonriendo.

—Deberíamos salir ya —murmuró él—. El tráfico es terrible en Shaftesbury Avenue.

Rebekah asintió con la cabeza y salió de la estancia delante de él.

Dante no pudo evitar clavar los ojos en las curvas del cuerpo de Rebekah. Al cruzar el vestíbulo, tuvo que luchar contra el repentino deseo de tomarla en sus brazos, subir la escalinata y llevarla a su habitación.

Capítulo 3

EL MUSICAL había sido extraordinario y, cuando bajó el telón, el público dedicó una gran ovación al director y a los artistas.

A Rebekah le había encantado, y más teniendo en cuenta la excelente vista del escenario desde el palco que ocupaba con Dante.

Después, durante la fiesta del estreno de la obra, Rebekah observó a su jefe, al otro lado de la estancia, charlando con una atractiva rubia cubierta con un vestido dorado que dejaba poco a la imaginación. Al parecer, que Dante no quisiera relaciones serias no impedía que las mujeres se arremolinaran a su alrededor. Incluso en un salón abarrotado de gente famosa y de miembros de la alta sociedad londinense, el atractivo de Dante hacía que los demás hombres palidecieran en comparación.

El esmoquin le sentaba a la perfección, haciéndole realmente irresistible. La atracción que ella sentía por Dante era una auténtica amenaza para su paz de espíritu, y el sentido común le decía que lo mejor que podía hacer para no pensar en él era buscarse otro trabajo.

En ese momento, Dante la miró y ella, rápidamente, volvió la cabeza. Esperaba que Dante no se hubiera dado cuenta de que lo había estado mirando fijamente.

Un camarero se detuvo delante de ella para ofrecerle una copa. Rebekah resistió la tentación de agarrar una copa de champán, sabía que acabaría con dolor de cabeza. Prefirió un zumo de fruta que ya había probado y que estaba delicioso.

—Rebekah —Dante apareció a su lado y la miró con intensidad—. ¿Lo estás pasando bien? He visto que has estado charlando.

—Sí, lo estoy pasando muy bien —le aseguró ella—. Por favor, no te sientas obligado a hacerme compañía. Estás muy solicitado —añadió ella con cierta ironía, consciente de las mujeres que les estaban mirando en esos momentos.

—Hay una persona que quiere conocerte —comentó él.

Dante se volvió hacia un hombre de cabellos plateados y rostro delgado que se había acercado a ellos. Entonces, añadió:

—Rebekah, te presento a Gaspard Clavier.

—Sí... lo sé —dijo Rebekah con voz débil.

Rebekah sabía que se había quedado boquiabierta, pero no podía evitarlo. Gaspard Clavier era un cocinero francés de fama mundial, y su héroe. No podía creer que él quisiera conocerla. Y se quedó perpleja cuando el francés le tomó la mano y se la llevó los labios.

—Así que usted es Rebekah Evans. He oído hablar mucho de usted.

—¿Sí? —Rebekah no daba crédito a lo que oía.

—Sí, des luego. Si no me equivoco, se encargó

del almuerzo del banquete de boda de la hija del conde Lansford.

—Sí —contestó Rebekah, recordando el almuerzo de cuatro platos para trescientos invitados en el palacete del conde en Hampstead, que ella había preparado cuando trabajaba para una empresa de catering.

—¡Dante!

Al oír aquella voz, Dante se dio media vuelta y saludó a una persona a cierta distancia de donde estaban ellos.

—Te dejo con Gaspard para que habléis —le murmuró él a Rebekah—. Hasta luego.

Rebekah le vio caminar hacia la escultural rubia antes de volver la atención a Gaspard Clavier.

—Yo estuve en la boda como invitado —le dijo Gaspard—. La comida fue sensacional. Todos y cada uno de los platos divinos. Es una auténtica cocinera, *ma chérie*, y la pasión que siente por la comida se nota en sus creaciones.

Rebekah enrojeció al instante. Era maravilloso que alguien como Gaspard Clavier la elogiara.

—Gracias —respondió ella tímidamente.

—¿Ha oído hablar de mi restaurante, La Petite Maison, en Knightsbridge?

—Sí, claro. Incluso trabajé allí un día, cuando estudiaba, para hacer prácticas, señor Clavier.

—Después de probar su comida en el banquete de la boda de Olivia Lansford... En fin, me gustaría que viniera a trabajar conmigo.

Rebekah se quedó sin habla durante unos segundos.

—¿De cocinera en su restaurante?

—Sí. Pero no en La Petite Maison, sino en el restaurante que espero abrir pronto en Santa Lucia.

De nuevo, Rebekah se quedó sin saber qué decir.

—Santa Lucia está en el Caribe —dijo Rebekah muy despacio.

—Sí, así es. Mi restaurante está en la playa, una playa de arena blanca, mar color turquesa y palmeras. ¿Le gustaría trabajar en el paraíso, Rebekah?

—No sé... Ya sé que suena maravilloso, por supuesto, pero... —Rebekah se llevó las manos al rostro—. Tengo un trabajo, aquí, en Inglaterra.

El francés encogió los hombros antes de ofrecerle su tarjeta de visita.

—El restaurante de Santa Lucia no se va a abrir hasta dentro de unos meses, así que no tiene que tomar una decisión todavía. Piénselo y, si está interesada, llámeme por teléfono para hablar.

—Sí, sí, desde luego. Lo haré.

—*Bon* —Gaspard sonrió—. Y ahora, ¿me haría el honor de bailar conmigo?

Un rato después, Dante se dirigió al bar abriéndose paso entre los invitados y preguntándose dónde se había metido Rebekah. La había visto a ratos, primero bailando con Gaspard Clavier y luego con un par de tipos que no conocía. Miró a su alrededor y, por fin, la vio. Rebekah estaba bailando con un atractivo y joven actor que trabajaba en una famosa serie de televisión. El actor tenía fama de mujeriego y, a juzgar por cómo reía y coqueteaba con Rebekah, parecía decidido a conquistarla.

Pero... ¿no sería que Rebekah había decidido seducir al actor? Dante apretó los dientes. Su tímida e introvertida cocinera se había transformado en una mujer segura de sí misma que estaba atrayendo la atención de todos los hombres allí presentes.

¿Cómo se le había ocurrido la locura de llevarla allí con ese vestido? Se preguntó mientras cambiaba de dirección, hacia la pista de baile en vez de al bar. Debería haberse dejado guiar por el instinto y haberla llevado a su habitación.

Rebekah estaba pasándolo en grande. Los halagos de Gaspard Clavier habían hecho milagros con su ego, y estaba considerando en serio la oferta de trabajo. Si se iba al Caribe, se olvidaría de Dante.

Aunque a él no le había impresionado su vestido, a muchos otros sí. No había dejado de bailar. Aunque su actual pareja de baile era una especie de pulpo y tuvo que apartarle una mano de su pecho para volver a colocársela en la espalda.

—Venga, cielo, vámonos de aquí —Jonny Vance, el famoso actor al que Rebekah nunca había visto, tiró de ella hacia sí—. Tengo el coche aparcado enfrente de la entrada.

—¡No! —Rebekah intentó apartarse de él—. Suéltame, por favor.

—Yo que tú haría lo que la señorita te ha dicho —dijo una voz que Rebekah reconoció al instante.

Y, en un abrir y cerrar de ojos, Dante tiró de ella y, de repente, se encontró pegada al sólido y duro pecho de Dante.

Rebekah se tambaleó cuando Dante la hizo girar al son de la música.

—Gracias por rescatarme —dijo ella con voz temblorosa—. Ese hombre se estaba extralimitando.

—¿Te extraña? —Dante le lanzó una mirada incisiva y ella se dio cuenta de que estaba furioso—. Estabas coqueteando e insinuándote a él, es natural que pensara que te había conquistado.

—Yo no me estaba insinuando —respondió ella, furiosa y ofendida—. Solo estaba bailando con él.

Dante lanzó una carcajada.

—¿En serio no te has dado cuenta del efecto que estás teniendo en todos los hombres que están aquí esta noche?

Rebekah estaba resistiendo la tentación de apoyar la cabeza en el hombro de Dante y disfrutar la sensación de estar en sus brazos.

—¿A qué te refieres? —murmuró ella, y descubrió que, al alzar la cabeza para mirarlo, su boca quedó a apenas unos centímetros de la de él. Deseó que Dante la besara. Anhelaba sus sensuales labios sobre los suyos. Inconscientemente, se pasó la lengua por los labios para humedecérselos.

—A que a Vance y probablemente al resto de los hombres aquí presentes se les ha ocurrido en un momento u otro la idea de quitarte el vestido para deleitarse la vista con tu voluptuoso cuerpo desnudo —respondió él con dureza.

Rebekah se quedó boquiabierta.

—Qué tontería. Hablas como si yo fuera una especie de sirena y los hombres me encontraran irresistible. Y eso es una ridiculez.

—¿Por qué? —la voz de Dante se tornó más grave

y sensual, y ella tembló de pies a cabeza–. Yo te encuentro absolutamente irresistible, *mia bella*.

Era evidente que Dante se estaba riendo de ella.

–Sí, claro, no faltaría más –dijo Rebekah en tono burlón–. Por eso es por lo que ni siquiera me has mirado al salir de casa. Si me encontraras irresistible habrías...

–Me habría quedado sin habla –dijo él con voz suave–. Y eso es justamente lo que me pasó al verte entrar en el cuarto de estar. Estás preciosa con ese vestido. No tenía ni idea de que tuvieras estas curvas. Y el pelo... –Dante alzó una mano y le acarició las ondas que le caían por la espalda–. Tu pelo es como la seda.

Dante no podía controlar su deseo. Su erección era dolorosa y tuvo que cambiar de postura. Oyó a Rebekah respirar hondo cuando su miembro le rozó el muslo.

–¡No hagas eso! –jadeó ella, sorprendida de que Dante no estuviera bromeando. Por increíble que pareciera, Dante la encontraba atractiva.

–No puedo remediarlo –comentó él con ironía–. A veces, el deseo sexual se manifiesta en los lugares y en los momentos más inconvenientes.

–Pero... tú no me deseas.

–No niegues la evidencia, *cara* –Dante la miró a los ojos y vio en los de ella confusión–. ¿Por qué crees que no puedo desearte? Eres una mujer increíblemente atractiva.

¡Cielos! ¿Dante flirteando con ella? Tragó saliva e intentó controlar la excitación que se apoderó de ella.

–No deberías decir esas cosas –murmuró Rebekah–. Yo soy tu empleada, no está bien.

La ronca risa de él le erizó la piel.

–Sé sincera, Rebekah, y atrévete a decirme que tú no me deseas también.

A Rebekah le daba vueltas la cabeza. En los brazos de Dante, con el cuerpo pegado al de él y poseída por la pasión, había perdido el sentido de la realidad.

Pero, sin saber cómo, logró no perder del todo la razón.

–Claro que no –respondió ella con voz tensa.

–Vamos, Rebekah, sé sincera –Dante bajó la cabeza y le susurró al oído–. He visto el deseo en tus ojos al mirarme.

Avergonzada, sintió un intenso calor en las mejillas. Le horrorizaba que Dante se hubiera dado cuenta de que le gustaba.

No sabía qué decir y sintió un gran alivio cuando la canción llegó a su fin.

–Por favor, disculpa –dijo Rebekah, separándose de él.

Cruzó a toda prisa el salón. Un camarero con una bandeja se detuvo delante de ella y Rebekah agarró otra copa de zumo de frutas antes de salir a la terraza del jardín.

Rebekah apoyó los codos en la barandilla de piedra. No podía continuar trabajando para Dante, sería muy incómodo. Al día siguiente, por la mañana, le presentaría su dimisión. Después, llamaría a Gaspard Clavier para hablar del trabajo en el restaurante de Santa Lucía.

Se llevó la copa a los labios y bebió. Se puso muy tensa al oír unos pasos a sus espaldas.

–De ser tú tendría cuidado con el ponche de zumo de frutas. He oído a uno de los camareros decirle a una invitada que lleva mucho *limoncello* –murmuró Dante.

Eso explicaba por qué había empezado a darle vueltas la cabeza, pensó Rebeka. El licor de limón italiano tenía mucho alcohol, pero no lo había notado.

–Bueno, como es mi cuarta copa, puede que ya esté algo mareada, así te será más fácil reírte de mí al verme hacer el ridículo –Rebekah apartó los ojos de él y bajó el rostro–. Aunque la verdad es que no es necesario que beba alcohol para hacer el ridículo.

Dante frunció el ceño al ver cómo le temblaban los labios.

–¿Qué te pasa? –Dante le puso las manos en los hombros para sujetarla, para evitar que se alejara–. ¿Estás enfadada porque te he dicho que te encuentro atractiva?

No era lo que Rebekah había esperado oírle decir. Creía que Dante iba a insistir en que a ella le gustaba.

–Me preocupa porque va a hacer muy difícil que siga trabajando para ti –murmuró ella.

–Eh, no soy una bestia al servicio de mis hormonas –comentó él con ironía–. Soy perfectamente capaz de controlar mi libido.

Dante levantó una mano y le retiró el pelo de la cara. Entonces, añadió:

–Aunque me sería más fácil si dejaras de mirarme como me estás mirando en este momento.

A Rebekah le dio un vuelco el corazón.

–¿Cómo te estoy mirando? –susurró ella con una voz tan ronca que le pareció pertenecer a otra persona.

–Como si quisieras que te besara.

Y Dante lanzó una grave carcajada al ver que Rebekah no lo negaba. Miró fijamente esos hermosos ojos violeta y en ellos vio la invitación que Rebekah no podía ocultar. Pero también vio miedo, y eso le hizo vacilar.

Debía estar borracha, pensó Rebekah, porque Dante la estaba mirando con sumo deseo, como si quisiera devorarla con los ojos. Y cómo quería ella que Dante la devorara. Pero no debía perder la cabeza. Ella jamás perdía la cabeza.

–No, no quiero que me beses... ¡Oh! –la débil negación se perdió cuando Dante bajó el rostro y le cubrió la boca con la suya.

Los labios de Dante eran firmes y exigentes, y aplastaron sus defensas con una maestría que la hizo temblar. Le acarició los labios con la lengua, separándoselos, penetrándola... besándola hasta hacerla perder la razón.

Era la experiencia más erótica que Rebekah había tenido en la vida, superando cualquier sueño que su imaginación hubiera podido conjurar. ¿Cómo iba a resistirse? La sensualidad de ese beso la tenía totalmente cautivada, y le facilitó el acceso a la dulce suavidad de su boca. Le oyó gruñir y murmurar algo en italiano. Sintió la mano de Dante en la espalda, estrechándola contra su cuerpo. Y al sentir la dureza del miembro en la pelvis, la sangre le hirvió al correrle por las venas.

Casi mareada, Rebekah le puso las manos en los hombros y se aferró a él, y deseó que aquel momento mágico no acabara nunca. Pero, por fin, Dante rompió el beso.

Rebekah dio un paso atrás y se tambaleó.

Dante frunció el ceño. No creía que Rebekah estuviera borracha; por el contrario, creía que Rebekah sabía lo que hacía al responder a su beso con tanto ardor. Pero, de nuevo, le sorprendía la vulnerabilidad de esa mujer y no quería aprovecharse de ella.

—Será mejor que te lleve a casa —declaró Dante.

Rebekah debería haber recobrado el sentido común, pero una extraña locura parecía haberse apoderado de ella. El brillo de los ojos de Dante indicaba que el beso no había saciado su deseo. Dante la deseaba, lo que alimentaba su desinhibición, liberándola. Por primera vez desde lo de Gareth, volvía a sentirse una mujer atractiva en vez de esa especie de sombra gris en la que se había convertido.

De repente supo que esa noche quería volver a hacerse con las riendas de su vida. Llevaba semanas soñando con hacer el amor con su extraordinariamente atractivo jefe. ¿Por qué no hacerlo? ¿Por qué no, por una vez, hacer que su sueño se convirtiera en realidad?

—Cuando volvamos a casa... ¿vas a besarme otra vez? —susurró ella.

Nada más pronunciar esas palabras, a Rebekah la dejó perpleja su atrevimiento. Dante parecía igualmente sorprendido.

–¿Quieres que lo haga? –preguntó él con voz espesa por la tensión sexual.

Rebeka se lo quedó mirando fijamente antes de contestar:

–Sí.

–Eres una caja de sorpresa esta noche, *piccola* –murmuró él–. Me pregunto cuánto *limoncello* tenía el ponche de frutas.

Rebekah se mordió los labios. Quizá Dante, caballerosamente, había sugerido que estaba borracha. El tono de voz de él había sido ligeramente condescendiente, y además la había llamado *piccola*, que significaba pequeña en italiano. Pero ella no era una niña inocente. Ella era una mujer madura que sabía lo que se hacía... y era hora de demostrárselo.

Rebekah se aproximó a él y lo miró a los ojos.

–No creo que el ponche tenga mucho alcohol. Sé perfectamente lo que estoy diciendo... y haciendo –le aseguró con voz ronca al tiempo que lo besaba.

El pulso se le aceleró al notar la inmediata respuesta del cuerpo de Dante, que le permitió controlar el beso durante unos segundos antes de lanzar un gruñido y estrecharla en sus brazos. Entonces, Dante asumió el papel dominante y la besó hasta que ambos se quedaron sin respiración.

–En ese caso, vamos a casa, *mia bella*.

Al instante, Dante se sacó el móvil de la chaqueta para llamar a su chófer.

Capítulo 4

EL CHÓFER estaba esperándoles afuera con la puerta del Bentley abierta. Dante entró primero y le tendió una mano a ella para ayudarla a subirse al vehículo. Sin duda, las sofisticadas amantes de Dante eran expertas en subir a elegantes coches, pero a ella los tacones se le engancharon en la falda del vestido, se tropezó y, prácticamente, acabó encima de él.

–Eh, cuidado –dijo Dante con una suave carcajada, como si pensara que ella, anhelando estar en sus brazos, se hubiera tropezado intencionadamente.

Avergonzada, Rebekah trató de apartarse, pero Dante tiró de ella y se apoderó de su boca con un beso que la dejó temblando. Al soltarla, a ella le pareció estar viviendo en un mundo irreal. Desde que le conocía, estaba obsesionada con Dante, ahora casi no podía creer estar en sus brazos, y ahora Dante estaba depositando múltiples y diminutos besos en su garganta.

Con frecuencia había imaginado momentos así y se había entregado a eróticas fantasías en las que Dante le acariciaba todo el cuerpo con las manos. Pero ahora estaba descubriendo que la realidad superaba a la fantasía.

Y Rebekah lanzó un quedo gemido cuando él bajó el rostro a sus pechos.

–Me tienes loco –murmuró él con voz grave, haciéndola temblar de excitación–. Eras la mujer más hermosa de la fiesta y todos los hombres tenían los ojos fijos en ti.

Rebekah sabía que eso no era verdad y estaba a punto de decírselo, pero se distrajo porque Dante acababa de bajarle un tirante del vestido y le había descubierto uno de los pechos.

El gemido gutural de Dante la hizo sentir un profundo calor en la entrepierna. Su deseo era evidente y el brillo de sus ojos le decía que tenía la intención de hacerle el amor.

El corazón pareció querer salírsele del pecho. Sabía que el chófer no podía verles a través del cristal de separación, pero se sintió vulnerable con el pecho desnudo. Contuvo la respiración cuando Dante se lo cubrió con una mano y comenzó a acariciarle el pezón con la yema del pulgar.

Rebekah nunca había deseado así a un hombre, nunca había sentido esa pasión...

–Ya estamos en casa –le dijo Dante en voz baja.

Dante encontraba el deseo de ella sumamente excitante. Rebekah era una mujer increíblemente sensual. Si no salían del coche rápidamente corría seriamente el riesgo de ponerse en evidencia.

Rebekah subió los escalones de la entrada de la casa detrás de Dante, el corazón le latía con una fuerza desmesurada. El frescor de la noche le había devuelto, en parte, el sentido común y comenzaba a cuestionarse lo que estaba haciendo. Nunca se había acostado así porque sí y solo había hecho el amor con Gareth. Tenía veintiocho años y llevaba dos años sin sexo.

¿Y si a Dante le molestaba su falta de experiencia? O... ¿y si hacía comparaciones entre sus generosas caderas y grandes pechos con la extrema delgadez de las modelos con las que solía salir?

Quizá fuera lo mejor poner fin a aquello, antes de enfrentarse a la humillación de que él la rechazara. Quizá lo mejor fuese decirle que había cambiado de idea, que no quería acostarse con él.

Dante abrió la puerta y se echó a un lado para cederle el paso. Rebekah se encontró frente a la escalinata que conducía al primer piso y a la habitación de él. Se preguntó con cuantas mujeres había compartido la cama y se sintió insegura.

La puerta del cuarto de estar estaba abierta y el control remoto automático había encendido las lámparas de mesa. Ella se volvió de cara a Dante y, con desesperación, le pareció que nunca le había visto tan guapo como en ese momento.

Rebekah se humedeció los secos labios con la lengua.

—Dante, yo...

—Ven aquí, *mia bellezza* –dijo él bruscamente.

Las palabras italianas roncamente pronunciadas derrumbaron sus defensas. Sabía que, aunque Dante había estudiado en Inglaterra, el italiano era su lengua materna y, a veces, lo utilizaba cuando estaba enfadado. Pero no era enfado lo que vio en el brillo plateado de los ojos de él, sino deseo. La forma como Dante la estaba mirando hizo que le temblaran las piernas. Entonces, él la estrechó en sus brazos y ella se aferró a aquel duro cuerpo, y ladeó la cabeza para permitirle que le capturara la boca con un beso que disipó todas sus dudas.

Nunca la habían besado así, nunca había sentido la magia que Dante estaba creando entorno a ella.

Rebekah apoyó la espalda en la pared y rodeó el cuello de Dante con los brazos, y él la apretó contra sí hasta hacerla consciente de todos y cada uno de los músculos de su duro cuerpo. Sintió la sólida erección entre los muslos, y eso la excitó aún más. No era alta, delgada ni rubia, pero a Dante no parecía importarle en esos momentos, cuando lanzó un gruñido de placer al agarrarle una redonda nalga.

–*Dio*, me estás volviendo loco. Te deseo, *cara*. No puedo aguantar más.

Dante no podía acordarse de cuándo había sido la última vez que se sentía tan falto de control. Separó la boca de la de Rebekah y tomó aire. ¿Cómo no se había dado cuenta antes de lo hermosa que era? Se preguntó con los ojos fijos en los violeta de Rebekah, que tenía los labios enrojecidos y entreabiertos, una invitación a que volviera a besarla. Y cuando lo hizo, Rebekah le respondió con semejante ardor que le hizo perder el poco control de sí mismo que le quedaba.

El dormitorio estaba demasiado lejos. Sin apartar la boca de la de ella, la condujo al interior del cuarto de estar mientras le bajaba la cremallera del vestido. La despojó de la prenda de seda, que cayó al suelo. Las grandes y oscuras aureolas de los pechos de ella eran irresistibles y, al tocarlos, los pezones se irguieron endurecidos.

–Rebekah, tienes un cuerpo fantástico. Eres la perfección en persona, *mia bella*.

Rebekah nunca había estado orgullosa de su cuerpo. Tenía los pechos demasiado grandes, las caderas demasiado anchas y las nalgas muy redondeadas. Pero Dante había dicho que era la perfección en persona y el brillo de los ojos de él la convenció de su sinceridad.

–No me parece justo que tú estés vestido cuando yo estoy desnuda –dijo ella en un ronco susurro, casi sin respiración.

Dante le dedicó una traviesa sonrisa.

–En ese caso, desnúdame –y abrió los brazos para darle acceso a su cuerpo–. Soy todo tuyo, Rebekah.

Rebekah sintió una punzada de dolor, consciente de que Dante jamás sería suyo. Solo una mujer muy especial lograría convencer a Dante de que dejara su vida de playboy. Sabía que lo único que Dante quería de ella era sexo, y ella debía conformarse con eso. Dante la hacía sentirse atractiva y sensual, quizá una noche con él la hiciera recuperar la confianza en sí misma como mujer.

Pero cuando comenzó a sacarle la camisa de debajo de los pantalones y a desabrocharle los botones, las manos le temblaban. Y, tras abrirle la camisa, se quedó mirando como hipnotizada el fuerte pecho de piel oliva salpicado de sedoso vello negro. Dante había dicho que ella era la perfección personificada... Si eso era así, el cuerpo de Dante era una obra de arte.

Siguió con los ojos la trayectoria del oscuro vello que bajaban en canal hasta desaparecer debajo de la cinturilla de los pantalones. Dante la había invitado a desnudarle, pero... ¿tendría ella el valor suficiente para bajarle la cremallera de la bragueta y tocarle el abultado miembro?

–¿Tienes idea de lo mucho que me estás excitando con solo mirarme? –dijo Dante con voz ronca–. Por el amor de Dios, *cara*, tócame.

Rebekah le obedeció, y Dante gimió y gruñó al ritmo de las caricias de ella por su torso. Entonces, le besó el pecho y...

Dante lanzó una grave exclamación en italiano y, al momento, se llevó las manos a la bragueta y se la abrió.

–Ayúdame –murmuró él mientras se desnudaba.

A Rebekah le dio un vuelco el corazón al clavar los ojos en la erección de Dante. Enorme. De repente, pensó en que hacía mucho tiempo que no había hecho eso. Las dudas se reflejaron en sus ojos.

–Si has cambiado de parecer, tienes veinte segundos para salir aquí, lo justo antes de que pierda el control sobre mí mismo por completo.

Rebekah no pudo evitar sentirse un poco triunfal. El deseo le palpitaba entre las piernas. Saber que pronto le sentiría dentro la hizo temblar de excitación.

–No he cambiado...

Dante ahogó el resto de sus palabras al estrecharla en sus brazos.

–Menos mal –murmuró él antes de cubrirle los labios con los suyos.

A Dante le encantaba la suavidad del cuerpo de Rebekah, lo sedoso de su piel y el delicado aroma a rosas de su perfume. Y le excitaban los pequeños gemidos de placer de ella al tocarle los pechos y juguetear con los pezones.

Se sentía a punto de estallar. La posibilidad de hacerle el amor a Rebekah lenta y perezosamente era prácticamente nula. Rebekah era una tentación excesiva. En ese momento, lo único que quería era penetrarla.

Dante la llevó al sofá, más cómodo que el suelo, y la hizo tumbarse sobre los aterciopelados cojines.

Rebekah no pudo evitar gritar cuando Dante bajó la cabeza y se apoderó de unos de sus pezones con la boca. Una exquisita sensación le subió por la pelvis, y se revolvió bajo el cuerpo de él mientras Dante la chupaba y mordisqueaba hasta procurarle un placer casi insoportable.

Dante le acarició el vientre, siguió bajando las manos y le agarró las bragas.

—Eres exquisita —murmuró él al tiempo que se las quitaba y se quedaba contemplando el cuerpo completamente desnudo de ella.

—Dante...

De repente, Rebekah se sintió vulnerable y ridículamente tímida. No era virgen, pero tampoco era una mujer sofisticada y con experiencia, una mujer como las que solían salir con Dante. Tenía miedo de desilusionarle.

—¿Qué pasa? —preguntó él—. ¿Quieres que haga algo en particular? Dime cómo puedo darte placer.

Con una temblorosa mano, Rebekah le acarició la mandíbula y contuvo la respiración cuando Dante le agarró los dedos, se los llevó a los labios y los besó.

–Yo... Bésame otra vez –susurró ella.

–Será un placer –Dante sonrió dulcemente, como si hubiera notado la falta de confianza en sí misma de Rebekah.

Bajó la cabeza y la besó profundamente.

–Quiero que disfrutes, *cara* –dijo él con voz suave al tiempo que deslizaba la mano entre los muslos de ella, se los separaba y deslizaba un dedo en la ardiente suavidad del centro de su feminidad.

Rebekah jadeó y levantó las caderas instintivamente. Un fuego líquido le corrió por el cuerpo. La entrepierna le palpitaba. Necesitaba más. Le necesitaba a él. Necesitaba que la llenase con el duro miembro que ahora le acariciaba la entrada.

Al recordar que antes Dante le había pedido que lo tocara, cerró los dedos alrededor del pene y comenzó a acariciarlo.

Al oírle gemir de placer, se envalentonó y le acarició de formas más imaginativas. Al cabo de unos segundos, gruñendo, Dante le apartó la mano.

Cuando Dante la penetró, ella contuvo la respiración. La llenó profundamente, por completo. Y Rebekah pensó que nunca había sentido esa satisfacción con Gareth.

Dante comenzó a moverse y casi salió de ella por completo, rio al verla protestar y repitió el proceso con más rapidez, con más dureza... hasta hacerla gritar una y otra vez, hasta hacerla rogar que no parase.

Pero el ronco ruego de Rebekah tuvo el efecto contrario: Dante se quedó muy quieto y, tras lanzar una maldición, comenzó a salir de ella.

Pasando de la incredulidad al pánico, Rebekah

pensó que, al final, Dante no iba a hacerle el amor.
¿Le desagradaban sus curvas? Se sintió humillada
y desilusionada.

–¿Qué pasa? –preguntó Rebekah con voz temblorosa.

–Se me ha olvidado ponerme un preservativo
–contestó Dante, maldiciéndose a sí mismo.

A Dante nunca se le olvidaba usar protección,
era una de sus reglas de oro. No podía dar crédito a
su irresponsabilidad...

–Estoy tomando la píldora.

Las palabras de Rebekah fueron una bendición,
y él no pudo controlar la inmediata reacción de su
cuerpo. Maldición, parecía un adolescente con Rebekah. No le gustaba nada que ese mujer le afectara
de tal manera. No obstante, se hundió en la sensualidad de ese cuerpo de mujer.

–¿Estás segura? –qué pregunta más tonta. Y si
mentía, Rebekah no iba a decírselo. O se fiaba de ella
o no. Pero al mirarla a los ojos, tuvo la certeza de que
Rebekah le había dicho la verdad y, al momento, se
relajó–. Te aseguro que siempre utilizo preservativos,
tanto para evitar un posible embarazo como por motivos de salud.

¿Por qué le hablaba con tanta frialdad? Rebekah se
ruborizó, y se enfadó consigo misma por ser tan tonta.
Lo que había dicho Dante era de sentido común, y ella
debería alegrarse de que él fuera tan realista.

–Yo... también estoy sana –murmuró Rebekah–.
Solo me he acostado con otro hombre en mi vida
y... y de eso hace ya algún tiempo.

¿Significaba eso que el único hombre con el que

Rebekah se había acostado era el exnovio galés? Pero... ¿por qué iba a importarle eso a él?

Dante se acodó en la cama y la miró sonriéndole perezosamente.

—En ese caso, ¿no hay motivo por el que no pueda hacer esto?

Y Dante se movió dentro de ella una vez más, más y más hondo, con creciente placer... Y a juzgar por los ojos de Rebekah, a ella le pasaba lo mismo.

—Sí... Oh... Sí... No... —Rebekah le clavó las uñas en los hombros, agitada—. No pares —le rogó ella, sin importarle parecer desesperada.

Dante era un mago, un brujo. Jamás había imaginado que el sexo pudiera ser tan intenso, tan loco.

Y entonces... dejó de pensar, con los cinco sentidos puestos en alcanzar un clímax que, hasta ese momento, siempre la había eludido. Dante había incrementado el ritmo de sus movimientos y respiraba trabajosamente, lo que significaba que estaba a punto del orgasmo.

—Por favor, espera —murmuró ella. Y, avergonzada, se dio cuenta de que había expresado en voz alta lo que pensaba.

Dante lanzó una suave carcajada, pero la ternura contenida en su mirada aseguraba que no se estaba riendo de ella.

—Naturalmente que voy a esperarte, *cara*. ¿Acaso crees que voy a tener un orgasmo sin antes asegurarme de que tú lo has tenido?

¿Qué clase de egoísta había sido el novio de Rebekah?, se preguntó Dante, que había notado el tono de desesperación de Rebekah. Además, estaba decidido a procurarle la experiencia sexual más placentera de su vida.

Dante bajó la cabeza y le lamió un pezón, atormentándola, haciéndola gemir. Entonces, hizo lo mismo con el otro.

Rebekah enloqueció cuando Dante le chupó los pechos al tiempo que continuaba el ritmo acelerado de su penetración. Arqueó las caderas y lanzó un gemido cuando, después de deslizar la mano entre sus cuerpos, Dante también comenzó a acariciarle el clítoris. El placer fue tal que gritó en voz alta.

De repente, Rebekah se encontró al borde del precipicio, tambaleándose unos segundos antes de alcanzar el éxtasis. El explosivo orgasmo fue algo inimaginable. Se quedó sin sentido y no pudo contener roncos gritos de placer.

Para Dante aquello fue excesivo. Ver a Rebekah así era algo sumamente erótico. La tensión en su cuerpo era intolerable. Con un último empellón, alcanzó el exquisito momento y lanzó un salvaje gruñido.

Se quedaron tumbados y unidos durante un rato, Dante con la cabeza en los pechos de ella. Había sido estupendo, pensó él. Hacía mucho que no hacía el amor de forma tan satisfactoria. Quizá mejor que nunca, le dijo una voz en su interior. De una cosa estaba seguro: con una vez no iba a ser suficiente.

Rebekah, poco a poco, logró calmar el ritmo de los latidos de su corazón. Sonrió. Así que eso era lo que se había perdido hasta ese momento. Hacer el amor con Dante había sido un descubrimiento. El problema era que pudiera convertirse en una adicción.

Dante alzó la cabeza y le dedicó una perezosa sonrisa.

—Peso demasiado, ¿verdad, *cara*? —Dante le dio un beso en los pechos antes de separarse de ella.

Pero en vez de levantarse del sofá como Rebekah había supuesto que haría, Dante se tumbó en el sofá, al lado de ella, abrazándola.

—Ha sido increíble. Eres increíble —murmuró él, y cerró los párpados.

Unos minutos después, por el suave ritmo de la respiración, Rebekah se dio cuenta de que Dante se había quedado dormido. Durante unos segundos, se vio tentada de quedarse así, acurrucada junto a él, imaginando que lo que había habido entre los dos significaba algo. Era evidente que lo suyo no era el sexo por el sexo, no podía separar el placer de los sentimientos. Pero sabía que Dante no tenía ese problema.

Con cuidado para no despertarle, Rebekah se apoyó en un codo y se lo quedó mirando. Era el hombre más guapo que había visto en su vida. Se moría de ganas de tocarlo y besarlo. Pero si le despertaba, volverían a hacer el amor y sus sentimientos hacia él se harían más profundos.

Lo mejor era marcharse.

Tuvo que hacer un ímprobo esfuerzo para salir del abrazo de Dante, pero lo consiguió al final. Entonces, agarró su ropa y salió del cuarto de estar de puntillas.

Capítulo 5

UNA suave luz dorada iluminaba la estancia cuando Dante se despertó y se dio cuenta de que Rebekah no estaba a su lado. Se sentó en el sofá. Las luces estaban apagadas y la luz solar se filtraba a través de las cortinas. Bajó la mirada y vio que ella le había cubierto con una manta de lana. Le enterneció el gesto. No era ternura lo que buscaba en sus amantes, pero reconoció que Rebekah tenía muy poco que ver con las mujeres con las que tenía relaciones amorosas. Y ahora, a la luz del día, se preguntó si no habría sido una locura acostarse con ella.

Se puso los pantalones, no se molestó en ponerse la camisa y salió del cuarto de estar en busca de ella.

Al oír ruido de cacharros en la cocina, se detuvo delante de la puerta, la abrió y respiró el aroma de café recién hecho.

—Buenos días. El café ya está listo, estaba a punto de empezar a preparar el desayuno. ¿Cómo quieres los huevos?

A Dante le sorprendió que Rebekah le hablara como de costumbre, como lo hacía todas las mañanas. Sin embargo, notó que el tono de voz de ella era quizá demasiado jovial; y aunque Rebekah se volvió de espaldas rápidamente, a él le dio tiempo a notar el rojo de sus mejillas.

Dante recordó las mejillas encendidas de Rebekah la noche anterior, sus labios entreabiertos, los gritos de placer durante el orgasmo... Pero ahora, ese rubor era lo único que le recordaba a la mujer de la noche anterior. Porque, al igual que Cenicienta, Rebekah estaba otra vez en la cocina vestida con una ropa que no le favorecía en lo más mínimo.

Dante pasó la mirada por los pantalones sueltos negros y la voluminosa camisa polo blanca que ocultaba su curvilínea figura.

Desconcertado por el hecho de que ella se estuviera comportando como si no hubiera pasado nada entre los dos, murmuró:

—No tengo hambre, *cara*. Al menos, lo que me apetece no es la comida.

Entonces, Dante se acercó a ella, que estaba delante del mostrador de la cocina, y le rodeó la cintura con los brazos. Y le sorprendió notar que todos los músculos de ella se ponían en tensión.

Dante le besó la nuca, desnuda, como siempre, ya que Rebekah se había recogido el pelo.

—No tienes por qué sentir vergüenza. Los dos lo pasamos bien anoche, ¿no?

Rebekah se mordió los labios. Pasarlo bien no describía el increíble placer que había sentido al hacer el amor con Dante. Pero, aunque él había dicho que lo había pasado bien, ella suponía que, para Dante, lo de la noche anterior no había sido nada especial. Ella no era más que otra mujer con quien Dante se había acostado.

Contuvo la respiración cuando él le acarició la nuca con los labios, cuando le mordisqueó el lóbulo de la oreja... El placer la hizo temblar y tuvo que resistir la tentación de darse la vuelta, entregarse a él y volver a hacer el amor.

Pero no se atrevía a correr semejante riesgo. Al verle aquella mañana, irresistible con la barba incipiente y el pelo revuelto, se había dado cuenta de que por mucho que lo deseara, nunca podría separar lo físico de lo emocional con él. Con toda seguridad iba a sufrir, y no quería que volviera a pasarle lo mismo que en el pasado. Era mejor poner punto final a aquello, antes de cometer la estupidez de enamorarse perdidamente de Dante.

–Dante... Yo... –el corazón le palpitó con fuerza cuando Dante deslizó las manos por debajo de la camisa y contuvo la respiración al sentir las caricias en el estómago y a ambos lados de los pechos.

–Toma, para ti –Rebekah agarró un sobre que había encima del mostrador de la cocina y se lo dio.

Dante frunció el ceño. Rebekah no se estaba comportando como él había supuesto. Podía comprender que sintiera algo de vergüenza, pero estaba absolutamente seguro de que Rebekah había disfrutado tanto como él la noche anterior.

Dante miró el sobre con su nombre en él.

–¿Qué es esto?

–Es... mi dimisión.

Él abrió el sobre sin decir nada, sacó un papel y leyó las dos líneas que ella había escrito. Pero sus ojos grises no podían ocultar el enfado que sentía.

—Creo que lo mejor será que me vaya inmediatamente —murmuró Rebekah.

Rebekah no se atrevía a pasar una noche más bajo el techo de Dante porque, si él le pedía que se acostara en su cama, no estaba segura de poder rechazarle.

El único problema era que no tenía adonde ir. Antes de que Dante entrara en la cocina, había estado buscando pisos para alquilar en Internet. Afortunadamente, tenía algunos ahorros, suficientes para el depósito de un alquiler, pero tendría que encontrar trabajo a toda prisa.

—¿Por qué? —preguntó Dante sin ocultar su furia—. ¿Por qué quieres marcharte?

—Anoche fue estupendo —contestó ella con voz tensa—. Pero fue eso, una noche. Ha llegado el momento de que me busque otra cosa.

Dante se la quedó mirando sin dar crédito a lo que oía. Era verdad que sus aventuras amorosas solo duraban una noche, pero era porque así lo quería él. Estaba acostumbrado a decidir, no le gustaba sentirse... indefenso.

Y no quería perderla... No, no era eso, no era que quisiera una relación en serio. Lo que quería era explorar la salvaje pasión de la noche anterior, eso era. No quería dejarla todavía.

—No entiendo por qué no quieres seguir trabajando aquí —dijo él con sequedad—. ¿Por qué no podemos seguir como hasta ahora?

Pero Dante se dio cuenta de lo absurdo de sus palabras tan pronto como las pronunció. Ya no podía considerar a Rebekah una empleada más teniendo en cuenta que la había visto gloriosamente desnuda.

Al mirarla y notar el rubor de las mejillas de ella, volvió a pensar en lo encantadora que era. Tenía el rostro perfectamente simétrico y la piel parecía de porcelana. Rebekah no necesitaba maquillaje, poseía belleza natural. Y era sumamente sensual. Hacer el amor con ella solo le había abierto el apetito. Quería más, quería que Rebekah siguiera siendo su cocinera y también su amante... todavía no sabía hasta cuándo.

Pero, al parecer, Rebekah había decidido abandonarle. Cosa que no le había pasado nunca. Se preguntó si lo que ella quería no sería que le rogara que se quedara. La idea le hizo sonreír. Rebekah iba a enterarse muy pronto de que él no suplicaba. Una de las cosas que había aprendido de su matrimonio era que solo los imbéciles se dejan llevar por los sentimientos.

—Creo que los dos sabemos que sería imposible que siguiera trabajando para ti –dijo ella con voz queda.

Dante encogió los hombros.

—En ese caso, dime, ¿qué planes tienes?

—Se me ha presentado la oportunidad de trabajar en un restaurante de Gaspard Clavier en Santa Lucia –respondió Rebekah.

Dante frunció el ceño.

—Vaya, así que de eso era de lo que hablasteis en la fiesta, ¿eh? Pero Gaspard me ha dicho que no va a abrir el restaurante hasta dentro de unos meses. Es amigo mío; de hecho, fui su abogado cuando se divorció de la rusa con la que estaba casado. A pesar de que el matrimonio solo había durado dos años, Olga reclamaba una exorbitante cantidad de dinero. Por suerte, logré que Gaspard conservase la mayor parte de su fortuna, por lo que me está muy agradecido.

A Rebekah no le gustaba el cinismo y la frialdad con la que Dante hablaba. Debido a su profesión, Dante tenía que tratar con gente de moral dudosa, lo que quizá explicara su actitud respecto al matrimonio y a las relaciones amorosas.

—Supongo que no tienes donde vivir —añadió él desviando la mirada a la pantalla del portátil que mostraba propiedades en alquiler.

—Voy a llamar a una agencia inmobiliaria y, con un poco de suerte, iré a ver un piso esta tarde —respondió Rebekah, que no albergaba demasiadas esperanzas.

Aunque encontrara un piso, no iba a poder trasladarse ese mismo día.

Con una poco de suerte, su amiga Charlie, a quien había conocido en la empresa de catering, la dejara pasar unos días en su casa.

Dante dobló la carta de dimisión y se la metió en el bolsillo del pantalón.

—Voy a aceptar tu dimisión, pero pareces haber olvidado una cosa. El contrato de trabajo que firmaste establecía que, de querer dejarlo, tenías que avisar con un mes de antelación.

Rebekah lo miró con perplejidad.

—Bueno, sí, eso es verdad. Pero dadas las circunstancias...

—Yo no tengo ningún problema con las circunstancias —declaró él fríamente—. Me va a resultar imposible encontrar cocinero en unos días, así que exijo que respetes los términos del contrato y trabajes el mes; de lo contrario, te denunciaré por incumplimiento de contrato. Y no solo eso, también me negaré a darte buenas referencias.

Dante hizo una pausa para dejar que Rebekah asimilara sus palabras antes de lanzar el último ataque.

—Y si decides marcharte ya a pesar de todo, le diré a Gaspard Clavier que no eres de fiar y le aconsejaré que se lo piense muy bien antes de contratarte.

A Rebekah le dieron ganas de vomitar. Suponía que entraba dentro de lo posible que Dante la denunciara por incumplimiento de contrato. Pero era mucho peor la facilidad con que él podía arruinar su carrera. Dante era una persona influyente y, si hacía correr la voz entre sus poderosos amigos, Gaspard Clavier entre ellos, de que ella no era digna de confianza, nadie le daría trabajo. Lo último que quería el dueño de un restaurante era una cocinera irresponsable.

—Creía que te ibas a alegrar de que me fuera sin montar un escándalo —dijo ella.

—¿Por qué iba a querer que te marcharas siendo tan buena cocinera y tan excitante como amante?

La arrogancia de Dante la indignó.

—Si insistes en que trabaje un mes más, te aseguro que será lo único que haga. No voy a volver a acostarme contigo y, sinceramente, pienso que ha sido una equivocación. Debió ser el alcohol del ponche de frutas.

—De creerte, sería un golpe bajo para mi ego —comentó Dante en tono ligero—. Pero no estabas borracha, sabías perfectamente lo que hacías. Más aún, quieres volver a hacerlo.

—¡De eso nada! —furiosa, Rebekah trató de apartarse de él. Pero, desgraciadamente, sintió una oleada de excitación cuando Dante le rodeó la cintura con los brazos—. Dante, suéltame... hablo en serio...

Dante la silenció cubriéndole la boca con la suya, besándola hasta hacerla gemir. Al notar que capitulaba, le puso una mano en las nalgas y tiró de ella hacia sí hasta que la pelvis de Rebekah entró en contacto con su erecto miembro. Con la otra mano, le deshizo el moño y dejó que el bonito cabello castaño le cayera por los hombros.

Aunque Rebekah se maldijo a sí misma por su debilidad, no pudo resistirse a él. Sin defensas contra aquel asalto sensual, abrió los labios para dejar que Dante le penetrara la boca con la lengua. Se entregó a él. La noche anterior, Dante le había regalado una experiencia sexual inolvidable, le había hecho descubrir su propia naturaleza apasionada. Le pesaban los pechos y quería que él se los tocara, y el húmedo fuego de la entrepierna era el resultado del deseo sexual que le corría por las venas.

Cuando Dante, por fin, la soltó, ella se lo quedó mirando sin saber qué decir.

—Una cosa ha quedado clara, ¿no te parece? —declaró Dante sin compasión, ignorando el sentimiento de culpa que le asaltó al ver aflicción en el rostro de Rebekah—. Un consejo: si no quieres que te bese, dilo como si fuera verdad. De lo contrario, el mes que vamos a pasar en la Toscana va a ser muy aburrido.

—¿La Toscana? —repitió Rebekah con voz temblorosa.

—En tu contrato dice que puede que tengas que acompañarme a Italia como cocinera en mi casa cerca de Siena. Voy a pasar el mes de julio allí, y requeriré tus servicios.

—No quiero ir contigo. No puedes obligarme a ir contigo —declaró ella con furia.

Dante encogió los hombros.

—No, es verdad, no puedo obligarte. Pero si te niegas a acompañarme, puedo hacer que te resulte muy difícil encontrar un trabajo, como te he dicho hace poco.

¿Cómo había podido creer que Dante también tenía sus debilidades? La ternura que había creído sentir en él había sido producto de su imaginación, no podía tratarse de otra cosa. Dante no sentía nada por nadie. Su arrogancia era insufrible, y lo que ella deseaba más en el mundo era poder mandarle al infierno.

Pero no tenía más remedio que respetar los términos del contrato. Si quería encontrar trabajo, debía acompañarle a la Toscana, reconoció ella con pesar. No quería que Dante le estropeara el posible trabajo en el restaurante de Gaspard Clavier en Santa Lucia.

Rebekah alzó la barbilla y dijo con fría dignidad:

—Muy bien, trabajaré de cocinera un mes en la Toscana. Pero quiero que te quede claro que voy a ir única y exclusivamente como tu cocinera, nada más.

–¿En serio?

Dante alargó una mano y le acarició una hebra de cabello, pero el brillo depredador de los ojos de él la hizo temblar.

Antes de que Rebekah se diera cuenta de lo que iba a hacer, Dante le agarró el bajo de la camisa y se la sacó por la cabeza.

–¡Cómo te atreves! –furiosa, levantó la mano para darle una bofetada, pero él le agarró la muñeca, impidiéndoselo.

–Eres preciosa.

La grave voz de Dante le erizó la piel. Vio el rojo de las mejillas de él y se dio cuenta de que a Dante le ocurría lo mismo que a ella, que tampoco podía controlar la situación. Y eso la hizo sentirse mejor, la hizo avergonzarse menos de lo mucho que él le gustaba. Porque aunque se maldecía a sí misma por ser tan débil, no podía negar que anhelaba hacer el amor con él otra vez.

Dante le acarició los pezones hasta que se irguieron endurecidos.

–Deja de protestar, *mia bellezza*, y deja que te haga el amor –murmuró Dante acariciándole la piel con el aliento.

Rebekah sintió una oleada de placer. Pero cuando Dante comenzó a besarle el hombro, se vio presa de un súbito malestar. Aquella mañana se había levantado con dolor de cabeza debido al alcohol que había ingerido, sin saberlo, la noche anterior. Ahora tenía náuseas.

–Dante... –y volvió la cabeza justo cuando él iba a besarle la boca.

–Por favor, *cara*, déjate de juegos –Dante no trató de ocultar su impaciencia.

–No estoy jugando. Tengo ganas de vomitar.

Rebekah se zafó de él, salió corriendo de la cocina y bajó rápidamente las escaleras que daban a su apartamento, en el sótano.

Diez minutos más tarde, al salir del cuarto de baño, encontró a Dante sentado en su cama.

–No suelo causar esta reacción en las mujeres –comentó él en tono burlón.

–Vete, por favor.

Rebekah se había mirado brevemente al espejo y sabía que tenía un aspecto horrible. Menos mal que se había puesto la bata.

Dante se levantó de la cama al tiempo que ella se sentaba, pero permaneció en la habitación, con los ojos fijos en el pálido rostro de ella.

Entonces, en tono de preocupación, Dante preguntó:

–¿Estás enferma?

Rebekah sacudió la cabeza.

–No. Lo que pasa es que el alcohol me sienta mal, por poco que sea. Me ha ocurrido ya más veces y sé que voy a seguir vomitando y sintiéndome mal hasta librarme de todo rastro de alcohol.

Apenas había pronunciado esas palabras cuando otro ataque de náuseas le invadió y salió corriendo de nuevo al cuarto de baño. Lo que no comprendía era por qué Dante seguía allí.

Cuando volvió al dormitorio, vio que Dante había puesto una jarra de agua en la mesilla de noche y había abierto la cama.

–Será mejor que te duermas. ¿Cuánto crees que vas a estar mala? ¿Cuándo crees que podrías salir de viaje?

–Supongo que estaré bien dentro de veinticuatro horas –admitió ella débilmente.

Dante le sacó el camisón de debajo de la almohada y se lo dio.

–Vamos, póntelo y acuéstate.

Dante frunció el ceño al ver que ella no se movía del sitio.

–Me lo pondré cuando te vayas –murmuró Rebekah enrojeciendo ligeramente.

–¿Tanta modestia después de lo que ha pasado? –comentó el burlonamente.

Sin embargo, se volvió de espaldas a ella para dejarla cambiarse.

–¿Quieres que te traiga algo? ¿Un poco de comida? –preguntó acercándose a la cama.

Rebekah hizo una mueca cuando, al tumbarse, sintió otra náusea.

–No, no, no quiero pensar en comida.

–Pobre *cara*.

Dante la cubrió con la ropa de cama y eso, junto con la ternura con la que la había hablado, hizo que los ojos se le llenaran de lágrimas.

–Por favor, Dante, no insistas en que me vaya contigo a trabajar un mes en la Toscana –dijo ella con voz tensa–. Debe haber cientos de mujeres deseando acompañarte. Es más, si dejas que me vaya, no te cobraré el último mes. Quiero terminar el libro de recetas de mi abuela y tengo que buscar un fotógrafo para sacar fotos a los platos.

—Eso no será problema. Tengo una amiga en Siena que es fotógrafa. Estoy seguro de que a Nicole le encantará colaborar en tu libro.

¿Era Nicole otra de sus amantes? Enfadada, Rebekah rechazó la idea. Como no parecía encontrar la forma de evitar pasar un mes con Dante en Italia, lanzó un suspiro.

—¿De qué tienes miedo? —le preguntó Dante en tono suave.

Perpleja, Rebekah abrió desmesuradamente los ojos.

—¿Miedo, yo? De nada —mintió ella.

—Yo creo que sí. Creo que te asusta intimar con alguien.

Rebekah se negó a admitir lo certero de las palabras de él. Entonces, se dio media vuelta hasta tumbarse de costado y se arrebujó en la cama.

—Estoy muy cansada —murmuró ella.

Dante siguió ahí un momento; después, salió sigilosamente de la habitación.

Capítulo 6

SE MARCHARON a Italia dos días después. Rebekah aún tenía el estómago delicado y había temido pasarlo mal en el aeropuerto las dos horas de rigor antes de un vuelo comercial. Por eso, enterarse de que iban a volar en el avión privado de Dante había sido una agradable sorpresa.

—No puedo creer que tengas un avión —dijo ella una vez hubieron embarcado.

Rebekah paseó la mirada por los sofás de cuero, el televisor de pantalla grande y el mueble bar de madera de nogal. El interior del avión parecía un pequeño y lujoso cuarto de estar.

—Es el avión de la familia —explicó Dante sentándose al lado de ella—. Mi padre lo utiliza sobre todo para ir de la casa en Norfolk al palacete en el sur de Francia. Tiene una amante en cada sitio y reparte su tiempo entre las dos.

No era difícil ver a quién había salido Dante.

—¿Cuántos años tenías cuando tus padres se divorciaron?

—Nueve cuando se divorciaron, pero nunca los vi bien juntos. Se llevan fatal, no paran de discutir. Nunca comprendí por qué se casaron. Afortunadamente, me enviaron interno a un colegio y logré librarme de la tensión en casa.

Rebekah pensó en la casa de su familia, una casa ruidosa, llena de gente, una casa alegre. Sus padres se adoraban y eso les había favorecido a todos.

—¿Ni tu padre ni tu madre volvieron a casarse?

—Mi padre lo hizo dos veces, ambas le costaron mucho dinero; al final, se dio cuenta de que el matrimonio era un timo. Yo me he encargado de que sus amantes, Barbara y Elise, no sufran calamidades si él muere antes que ellas, pero también de que no nos quiten nada más.

—¿Y tu madre? —preguntó ella con curiosidad.

—Está en su cuarto matrimonio. Suelen durarle unos seis años —contestó él sarcásticamente.

—Con unos padres así, no me extraña que pienses tan mal del matrimonio.

—No pienso mal, soy realista —argumentó Dante.

Y su opinión sobre el matrimonio no estaba condicionada exclusivamente por la relación entre sus padres, pensó Dante. Inexplicablemente, tuvo la tentación de hablarle de Lara a Rebekah, de contarle que su esposa le había engañado, le había traicionado y se había reído de él.

Pero ¿para qué? No le importaba lo que Rebekah pensara de él. Solo la llevaba a la Toscana por dos motivos: Rebekah era una cocinera fantástica y una amante extraordinaria. Tenía ganas de pasar el mes con ella. Pero cuando el mes acabara y se hubiera aburrido de ella, como le ocurría siempre, cada uno se iría por su camino.

—Tu madre todavía canta, ¿no? —preguntó Rebekah–. He oído que a Isabella Lombardi se la considera una de las mejores sopranos de todos los tiempos. ¿Va a estar en tu casa en la Toscana?

–No. Mi madre vive en Roma, pero me parece que ahora está de gira –Dante se encogió de hombros–. La verdad es que casi no la veo.

–¿Y con tu padre... estáis unidos?

–No, en absoluto. Almorzamos juntos tres o cuatro veces al año. Pero la verdad es que he vivido separado de ellos prácticamente desde que tenía ocho años. Yo estaba interno en el colegio, mi madre estaba siempre de gira y mi padre ocupado con sus cosas.

–A mí me resulta impensable tener una familia así, la mía siempre ha estado muy unida –Rebekah pensó en sus padres, en la granja, y una profunda nostalgia la invadió–. Me encanta saber que, pase lo que pase, tenga los problemas que tenga, siempre puedo contar con la ayuda de mi familia.

Rebekah se interrumpió, lo miró y añadió:

–Cuando tienes problemas, ¿a quién acudes?

Dante le lanzó una mirada interrogante.

–Yo no tengo problemas. Y si los tuviera, me encargaría de ellos yo mismo. Ya soy un adulto, tengo treinta y seis años –declaró Dante en tono de sorna.

–Todo el mundo necesita a alguien –insistió ella con obstinación.

A la mente de Dante acudió la imagen de su abuela. Su abuela Perlita le había consolado en los momentos más difíciles de su vida, cuando Lara le abandonó y lo único que él quería era olvidarse de todo con el alcohol. Pero de eso ya hacía mucho tiempo, nunca volvería a permitir que alguien pudiera volver a hacerle daño.

—Yo no necesito a nadie, deja de analizarme.

Entonces, Dante alzó una mano, le quitó el pasador que le sujetaba el cabello y sonrió traviesamente cuando ella le lanzó una furibunda mirada.

—Déjatelo suelto —dijo Dante cuando Rebekah comenzó a recogérselo otra vez—. Estás muy sexy con el pelo suelto.

Era encantadora, pensó Dante. Tenía algo, quizá fuera ternura, que le llegaba a lo más profundo de su ser. Le había hablado de su infancia y le había dicho cosas que nunca le había contado a nadie. Pero la clase de mujeres con las que solía salir no tenían ningún interés en él como persona, solo les importaba su estatus.

Incapaz de reprimirse, se inclinó hacia ella y la besó.

No debía reaccionar, pensó Rebekah mientras Dante le acariciaba los labios con los suyos para luego introducirle la lengua en la boca. Sabía que debía mantener las distancias con él, asegurarse de que su relación era estrictamente profesional.

Pero la dulce seducción de ese beso se burló de sus buenas intenciones. Y ahora, después de que le hubiera hablado de su infeliz infancia, había vislumbrado en él una vulnerabilidad que Dante trataba de disimular proyectando una personalidad arrogante y cínica. Y eso hacía que a ella le resultara imposible resistirse.

—Háblame de tus abuelos —dijo Rebekah con voz ronca cuando Dante, por fin, interrumpió el beso—.

Me encanta eso que me contaste de que tu abuela terminó la casa después de que tu abuelo muriera. Debía haberle querido mucho.

–Se adoraban –concedió Dante–. Se casaron durante la guerra y vivieron juntos muchos años.

–¿Lo ves? No todos los matrimonios en tu familia están abocados al desastre. ¿No deberías reconsiderar tu actitud sobre el matrimonio a la vista de la relación de tus abuelos?

Dante lanzó una carcajada, pero sus ojos tenían un brillo duro cuando respondió:

–Si lo que quieres saber es si no habría posibilidad de que lo nuestro acabara en una relación permanente, la respuesta es no, completamente imposible.

Rebekah trató de ignorar la punzada de dolor que esas palabras le causaron.

–Yo espero encontrar algún día a un hombre del que me enamore y con el que pueda pasar el resto de mi vida –le informó ella, preguntándose si realmente se atrevería a correr ese riesgo–. Pero de lo que estoy segura es de que no se parecerá a ti en nada.

Dante se alegro de que, en ese momento, la azafata se acercara para servirles café, interrumpiendo la conversación con Rebekah.

–Antiguamente fue un monasterio benedictino –explicó Dante en el momento en que el coche dobló una curva y apareció a la vista una casa de ladrillo y cubierta de teja–. Partes del edificio datan del siglo XI. Se ha rehabilitado en diferentes ocasiones, pero la última obra la realizaron mis abuelos; es decir, mi abuela, que la transformó en la preciosa casa que ves ahí delante.

—Sí, parece preciosa —a Rebekah le sorprendió el tamaño de la construcción y su historia.

El monasterio se asentaba en lo alto de una colina con vistas a campos verdes y a otros salpicados de flores silvestres y amapolas. En la distancia, se vislumbraba una zona semidesértica conocida por el nombre de Crete Senesi. Una estrecha carretera serpenteaba entre olivares y altos cipreses hasta llegar a Casa di Colombe.

Unos minutos después, Dante cruzó las puertas de la verja y se adentró en la explanada de la entrada, donde era más fácil apreciar el trabajo de rehabilitación del antiguo monasterio. Los claustros estaban cerrados con ventanas de cristales arqueadas. En una esquina había un viejo pozo y por toda la explanada había maceteros con lavandas, limoneros, laureles y un sinfín de plantas aromáticas. Los chorros de agua de una fuente era el único sonido que rompía el silencio.

—Mi abuela Perlita era muy aficionada a la jardinería —le dijo Dante después de que ambos salieran del coche al verla fijarse en las plantas—. En la parte de atrás hay un jardín del que estaba muy orgullosa. También hay una piscina y un lago, aunque no te recomiendo que te bañes en el lago. Cuando era pequeño, solía cazar tritones en él.

—Ahora que tu abuela ya no está, ¿quién cuida todo esto?

—Gente del pueblo. Dos hombres se encargan de

los jardines y de los arreglos en general, y dos mujeres vienen periódicamente a limpiar la casa.

Dante abrió la pesada puerta de roble de la entrada y lanzó un suspiro de placer al tiempo que instaba a Rebekah a entrar.

—Para mí, este es mi hogar. Tengo intención de venirme a vivir aquí no dentro de mucho.

Rebekah le lanzó una mirada de sorpresa.

—¿Vivías aquí? Yo creía que te criaste en Inglaterra.

—Nací aquí, cosa que a mi padre no le hizo ninguna gracia. Él quería que su heredero naciera en Inglaterra, en Jarrell. Pero a mi madre se le adelantó el parto, cuando estaba visitando a sus padres, y por eso nací en esta casa.

Dante lanzó una carcajada antes de continuar:

—Al parecer, mi padre le echó en cara a mi madre que hubiera tenido un parto adelantado, dijo que ella lo había forzado para que yo naciera en Italia. Esa es una de tantas cosas en las que nunca estuvieron de acuerdo, como en el idioma que yo debía hablar. Mi padre solo hablaba conmigo en inglés y mi madre fue quien me enseñó el italiano, por eso soy bilingüe.

Dante hizo una leve pausa y suspiró antes de añadir:

—Fui al colegio en Inglaterra, pero pasaba la mayoría de los veranos con mi abuela —Dante se encogió de hombros—. Me gusta vivir en Londres, pero me considero más italiano que inglés.

En el vestíbulo, a Rebekah le llamó la atención una fotografía enmarcada que colgaba de la pared y se acercó.

La mujer de la foto era una anciana de cabello blanco y rostro arrugado; pero a pesar de las huellas de que la vida había surcado en sus semblante, este desprendía una serenidad que se reflejaba en los brillantes ojos grises.

—¿Es tu abuela?

A Rebekah le dio un vuelco el corazón cuando, al girar, descubrió que Dante se le había acercado y estaba a su lado.

Con los ojos fijos en la foto, Dante contestó:

—Sí, es Perlita unos meses antes de morir.

La emoción se le agarró a la garganta. En el pasado, lo primero que hacía al llegar a esa casa era ir corriendo a ver a su abuela. Sentía enormemente su pérdida y, curiosamente, aunque nunca había ido allí con una amante, le pesó que Rebekah no hubiera conocido a Perlita. En cierto modo, le recordaba a su abuela. Al igual que Perlita, Rebekah era muy independiente y, por lo que sabía de ella, sumamente fiel a los allegados. Por el modo como hablaba, se había dado cuenta de que Rebekah debía querer mucho a su familia.

Al bajar la mirada y clavar los ojos en ella, por primera vez fue consciente de su corta estatura. El día de la fiesta, Rebekah llevaba tacones altos, por lo que no había notado la diferencia de altura. Pero ahora que ella llevaba zapato bajo le sobrecogió un súbito deseo de protegerla.

Instintivamente, Dante acarició su mejilla.

—¿Cómo te encuentras? Aún estás algo pálida.

—Estoy bien, ya se me han quitado las ganas de vomitar —le aseguró ella.

–Durante los próximos dos días, quiero que te tomes las cosas con tranquilidad –Dante la miró con expresión traviesa–. Es más, quiero que pases casi todo el tiempo tumbada.

Rebekah sabía que debía apartarse de él, pero la virilidad de ese hombre la embriagaba.

–Naturalmente, me acostaré contigo para hacerte compañía –susurró Dante con voz ronca y grave.

Rebekah se estremeció de placer. El sentido común le dictaba que se apartara de él; pero cuando Dante bajó el rostro para besarla, solo fue capaz de abrir los labios para recibir el beso.

Dante le acarició los labios con los suyos y Rebekah se sintió derretir. Quería que volviera a poseerla, eso era innegable.

Pero así no iba a mantener las distancias con él, le advirtió la voz de la razón. Se había prometido a sí misma no sucumbir a los encantos de ese hombre. No obstante, había visto sufrimiento reflejado en el rostro de él al mirar el retrato de su abuela, cosa que la había enternecido. Dante le había dicho que era la primera vez que iba a la Toscana desde la muerte de su abuela, y era evidente que sentía la falta de Perlita.

A pesar de todo, era consciente de que no podía correr el riesgo de enamorarse de él. Por eso, haciendo acopio de todas sus fuerzas, apartó la boca de la de Dante y se separó de él.

–Me parece que debería empezar a preparar la cena, se está haciendo tarde –murmuró ella ruborizada–. Aunque, por lo que he oído, la gente suele cenar tarde en los países mediterráneos –añadió desesperadamente bajo la enervante mirada de él–. De todos modos, debes tener hambre.

–Sí, pero tengo la sensación de que estamos hablando de apetitos diferentes –comentó él irónicamente.

Dante no comprendía por qué Rebekah se había echado atrás, pero la expresión de ella, entre temerosa y defensiva, le obligó a dominarse. Era evidente que Rebekah tenía problemas emocionales, lo que significaba que era la clase de mujer que él evitaba a toda costa. En ese caso, ¿por qué insistía en estar con ella? ¿Por qué la había llevado a Casa di Colombe, su refugio, su santuario? Y su frustración no era solo sexual, quería saber a qué se debían las ojeras de Rebekah. Y eso le hizo enfadarse consigo mismo y maldecir su curiosidad porque no quería nada serio con ella.

Con controlada impaciencia, dijo:

–Tengo que hacer algunas cosas, ¿por qué no vas a darte un paseo por la casa? Las empleadas deben haber preparado las habitaciones y supongo que habrán surtido la cocina. Mañana iremos a comprar frutas y verduras en el mercado de Montalcino –Dante señaló un pasillo–. Siguiendo el pasillo encontrarás la cocina.

Por fuera, la casa no debía diferir mucho de su aspecto original; sin embargo, por dentro, Casa di Colombe era un hogar moderno y cómodo, pensó Rebekah mientras se paseaba por las habitaciones de la planta baja, todas ellas soleadas, con suelos de piedra, pálidos colores en las paredes y elegante mobiliario.

Continuó la excursión y se enamoró de la cocina en el momento en que entró. El suelo era de terracota, los muros de piedra, los muebles de roble y contaba con todos los avances modernos que se pudieran imaginar. Era el escenario perfecto para las fotografías del libro de recetas y quería ponerse a trabajar en él de inmediato. La despensa y el frigorífico estaban bien abastecidos, y mientras pensaba en qué preparar para cenar, oyó unas voces que procedían del jardín y se asomó a la ventana.

Dante estaba acompañado de una mujer alta, delgada y rubia vestida con unos pantalones cortos que mostraban sus largas y bien formadas piernas.

La mujer volvió la cabeza en ese momento y Rebekah vio que era extraordinariamente guapa. Se le hizo un nudo en el estómago al verlos reír. Resultaba evidente que tenían buenas relaciones. ¿Era la rubia una de sus amantes? Si así era, ¿por qué había insistido en que lo acompañara a la Toscana? ¿Y por qué demonios se había puesto celosa?

Enfadada consigo misma, se marchó a explorar los pisos superiores de la casa. Tenía la maleta en el vestíbulo y la agarró para subirla a la habitación.

Había cinco dormitorios en el primer piso, uno de los cuales era el dormitorio principal, el de Dante. Al lado de este estaba la habitación para invitados, preparada y lista para ser usada, y supuso que era la suya. Era un bonito dormitorio, con paredes color crema y una colcha amarilla.

Las persianas estaban bajadas para combatir el

sol estival de la Toscana, Rebekah tenía demasiado calor con la falda y la chaqueta como para subirlas y permitir que entrara el sol.

Le apeteció darse una ducha, así que abrió la maleta, entró en el cuarto de baño del dormitorio y salió diez minutos después luciendo una falda de algodón con estampado de flores y una camiseta.

Se estaba peinando cuando oyó unos golpes en la puerta y, al darse la vuelta, vio apoyada en el marco a la mujer que había visto en el jardín.

Al verla de cerca, notó que era mayor de lo que había imaginado, debía tener treinta y tantos años. Pero también era más guapa de lo que le había parecido en la distancia. La rubia poseía un cuerpo esbelto tipo modelo, un cabello perfecto y un moreno maravilloso.

–¡Hola! Eres Rebekah, ¿verdad? –dijo la mujer con un pronunciado acento americano–. Yo soy Nicole Sayer... Perdón, ¡Castelli! Hace solo dos años que me casé y no me acuerdo de utilizar el apellido de mi marido. Mi marido Vito y yo somos amigos de Dante desde hace mucho –por fin, Nicole se interrumpió para respirar y le tendió una mano a Rebekah–. Encantada de conocerte. Dante nos dio una sorpresa cuando llamó y nos dijo que venía a la Toscana con compañía. Es la primera vez que viene con alguien.

Nicole volvió a interrumpirse, miró a Rebekah con gesto interrogante y añadió:

–Supongo que debéis ser muy amigos.

Rebekah enrojeció visiblemente.

–No, yo soy su cocinera –de repente, recordó

que había oído ese nombre antes–. Tú eres la fotógrafa, ¿verdad? Estoy escribiendo un libro de cocina basado en las recetas de mi abuela y Dante me comentó que quizá tú pudieras tomar unas fotos de los platos.

Nicole sonrió abiertamente.

–Me encantaría. Trabajaba de fotógrafa en Nueva York, pero Vito y yo decidimos afincarnos en Italia y aquí estamos. Ahora tengo que volver ya a casa, en Siena, pero entre mañana y pasado te llamaré para organizar una sesión de fotos, ¿te parece? –Nicole se dio media vuelta para marcharse, pero antes de hacerlo, se detuvo y volvió la cabeza–. Ah, se me olvidaba decirte que he colgado en el armario la ropa que Dante encargó para ti.

Rebekah la miró sin comprender.

–¿Qué ropa?

Nicole volvió a adentrarse en el dormitorio y abrió el armario.

–Esta –respondió Nicole, indicando una serie de atuendos que colgaban de las perchas. Nicole sacó una percha con un vestido de seda color verde jade y sonrió a Rebekah–. Teniendo en cuenta que Dante te ha comprado ropa de diseño, debes ser una cocinera muy especial.

Rebekah sacó una blusa de seda color palo de rosa. Toda la ropa era de estilo clásico y elegante en colores pasteles. La clase de ropa que a ella le encantaría ponerse de tener dinero para comprarla.

–Debe tratarse de un error –le dijo Rebekah a Nicole–. No sé por qué Dante ha comprado esta ropa, pero no es posible que sea para mí.

Nicole pareció sorprendida.

–Es posible que quisiera darte una sorpresa.

O quizá le hubiera comprado esa ropa por otro motivo, pensó Rebekah disgustada mientras salía de la habitación para ir a buscarlo tras la marcha de Nicole.

La puerta del dormitorio de Dante estaba abierta y, al asomarse, vio que salía de su cuarto de baño cubierto tan solo con una toalla atada a la cintura. Tenía el pelo mojado y entre el vello del pecho brillaban unas gotas de agua.

Rebekah dio unos golpes en la puerta para advertirle de su presencia, y trató de ignorar el estremecimiento de su cuerpo cuando Dante le dedicó una sonrisa.

–¿Has visto a Nicole? Ha venido para conocerte.

–Sí, he estado con ella. Nicole creía que la ropa colgada en el armario la habías comprado tú para mí.

–Sí, así es. ¿Te gusta?

Rebekah respiró hondo. Estaba confusa y enfadada.

–No puedo aceptarla. No puedo permitirte que me hagas regalos.

Dante agarró una toalla de la cama y se frotó el pelo con ella.

–¿Por qué no?

–Porque no puedes comprarme –respondió ella ardorosamente.

Dante se quedó muy quieto, mirándola fijamente. Sus ojos se tornaron fríos.

–¿Qué quieres decir con eso de «comprarte»?

—Que no te pienses que gastarte una fortuna en mí te va a dar el derecho de hacer lo que quieras.

Durante unos segundos, la atmósfera se tornó muy tensa.

—¿Y qué es lo que quiero, según tú?

Rebekah se cruzó de brazos y respondió:

—Quieres que sea tu amante mientras estamos en la Toscana.

—¿Crees que te he comprado ropa a cambio de sexo? ¿Qué clase de hombre crees que soy? —Dante lanzó una carcajada llena de reproche—. No, mejor no contestes, has dejado muy claro lo que piensas de mí.

Rebekah se dio cuenta de que le había ofendido. ¿Le había juzgado mal?

—¿Quieres decir que no ha sido ese el motivo? —preguntó ella con voz incierta, mordiéndose los labios.

Dante tiró la toalla a la cama y se acercó a ella. Estaba furioso.

—¿Cómo te atreves a cuestionar mi integridad? —dijo furioso—. La única razón por la que he comprado ropa para ti es porque me sabía mal haberte impuesto un viaje así sin darte apenas tiempo para prepararte. También supuse que no debías tener ropa apropiada para el calor que hace aquí en verano. Y como estabas mala y no podías ir de compras, llamé a una boutique en Siena y lo encargué todo.

Dante le agarró los brazos y tiró de ella hacia sí.

—No estaba tratando de comprar tus favores, Rebekah. No necesito hacerlo, *mia bella*.

Al darse cuenta de sus intenciones, Rebekah intentó apartar el rostro, pero él le agarró la mandíbula y la besó. Fue un beso furioso, de orgullo herido. Y ella se dio cuenta demasiado tarde de que Dante la había llevado junto a la cama. Y antes de poder protestar, la hizo tumbarse y, al instante, le cubrió el cuerpo con el suyo.

Rebekah contuvo la respiración cuando Dante le subió la camiseta. Al vestirse después de la ducha, no se había molestado en ponerse sujetador, y se sonrojó bajo la mirada ardiente de él, fija en los duros y erguidos pezones.

—No necesito comprarte nada —dijo Dante—. Podría poseerte aquí y ahora, *cara*, sin que tú hicieras nada por impedírmelo —la voz de él endureció—. ¿Cómo has podido pensar que te trataría con tal falta de respeto?

—Lo siento —contestó Rebekah con voz espesa.

Rebekah sabía que le debía una explicación, pero nunca le había contado a nadie lo que Gareth había hecho, ni siquiera a su madre. Cerró los ojos para contener las lágrimas, sin ser consciente de que Dante había visto el brillo de una lágrima incipiente en sus pestañas y de que ya no estaba enfadado; por el contrario, se le había encogido el corazón.

—En cierta ocasión, alguien intentó comprarme, intentó obligarme a hacer algo que no podía hacer, algo terrible.

—¿Quieres decir que un tipo ofreció pagarte por acostarte con él? —preguntó Dante confuso.

—No... no fue eso exactamente.

Al ver que no daba más explicaciones, Dante se

sintió frustrado. ¿Quería que Rebekah le contara todo? ¿Quería que le explicara por qué había supuesto de él lo peor?

—Es algo relacionado con el galés, ¿verdad? —aventuró Dante. Entonces, suspiró mientras le bajaba la camiseta a Rebekah y le apartaba el cabello del rostro—. Pero me da la impresión de que no quieres hablar de ello.

—A veces es mejor no remover el pasado —Rebekah le dedicó una temblorosa sonrisa—. Dante, de verdad que lo siento. La ropa es preciosa y ha sido muy generoso por tu parte, pero... En fin, preferiría ser yo quien pague por mi ropa.

Dante se puso en pie.

—Hablaremos de ello más tarde. Dime, ¿has entrado en la cocina?

—Sí —Rebekah suspiró de alivio al darse cuenta de que Dante no iba a insistir en que le contara la razón por la que le había acusado injustamente—. Es fantástica. Y el frigorífico está bien abastecido. Podemos pasar varios días sin hacer compra.

—Estupendo. ¿A qué hora vamos a cenar? —preguntó Dante, utilizando un tono ligero intencionadamente.

—¡Dios mío! Se me ha olvidado meter el pollo en el horno —Rebekah se levantó de la cama—. Será mejor que lo haga ahora mismo.

Y salió corriendo de la habitación.

Capítulo 7

ESA noche cenaron en la terraza, con vistas a los campos de cultivo de maíz, creando la sensación de un lago dorado. En la distancia, montañas majestuosas de contornos suavizados por la luz del sol poniente.

La vista quitaba la respiración.

–Es como una pintura de los maestros clásicos –comentó Rebekah, que estaba sentada con la barbilla apoyada en una mano mientras absorbía la belleza del paisaje–. ¿Cómo es que no vives aquí? Yo no podría soportar marcharme de este lugar.

–Me gusta Londres, tengo trabajo y una vida social activa, pero debo admitir que echo de menos la tranquilidad de Casa di Colombe –Dante bebió un sorbo de vino tinto, un vino hecho con la uva de su propiedad–. Algún día me trasladaré aquí y aprenderé a hacer vino y aceite –sonrió–. Puede que hasta aprenda a cocinar tan bien como tú. Por cierto, la cena ha sido maravillosa.

–Me alegro de que te haya gustado –Rebekah lanzó un suspiro de satisfacción antes de vaciar el vaso de zumo.

A pesar de la discusión de antes por la ropa, el ambiente entre los dos era relajado. Durante la cena, Dante se había mostrado atento y amable, y la había hecho reír. Le había hablado de la historia de la casa, de cuando era un monasterio cientos de años atrás.

—El norte de Gales, de donde yo vengo, también es muy bonito y también tenemos montañas. Desde la granja de mis padres se ve Snowdon —le informó ella—. En mi opinión, el hogar se encuentra donde está la gente a la que se quiere, ¿no te parece?

—Supongo —concedió Dante.

Su abuela había vivido ahí, en la Toscana, y quizá fuera por eso por lo que le tenía tanto cariño a esa casa. Pero a Lara no le había gustado, tanta tranquilidad le había aburrido y, en las pocas ocasiones en las que le había acompañado a visitar a su abuela, no había podido disimular su impaciencia y las ganas de volver a la ciudad.

Miró a Rebekah, cuyo cabello había adquirido un extraordinario brillo con los últimos rayos de sol, y sintió algo extraño, algo como... añoranza.

—Háblame de tu familia. ¿Cuántos hermanos me dijiste que tenías?

—Siete. Owen, Aled, Cai, Bryn, Huw, Morgan y Rhys, el pequeño, que tiene veinte años. Mi madre viene también de una familia numerosa y yo soy la séptima hija de una séptima hija; que, según mi abuela, significa que tengo un sexto sentido. Pero no creo en las supersticiones. Si poseyera un sexto sentido, habría evitado a Gareth a toda costa —confesó Rebekah sin pensar.

Entonces, se ruborizó al ver la penetrante mirada de Dante.

—Supongo que Gareth es tu exnovio galés, ¿no? ¿Qué te hizo?

Por extraño que pareciese, Rebekah descubrió que quería contarle lo que había pasado.

–Que se estaba acostando con mi mejor amiga y la que iba a ser mi dama de honor en la boda.

–¿Os ibais a casar? –Dante no sabía por qué estaba tan sorprendido.

Se suponía que, si Rebekah había estado a punto de casarse con su novio, era porque había estado enamorada de él. ¿Seguía enamorada de él?

–Sí. Fuimos novios durante cinco años, pero habíamos empezado a salir juntos antes de hacernos novios. Íbamos juntos al colegio, Gareth vivía en la granja de al lado de la nuestra y nos conocíamos de toda la vida. Es decir, creía que le conocía. Creía que íbamos a vivir siempre juntos y que íbamos a estar felizmente casados como mis padres, pero... –Rebekah tragó saliva–. Pero resultó que, realmente, no le conocía en absoluto.

–Debió ser terrible para ti cuando te enteraste de que tu prometido te era infiel –comentó Dante con el ceño fruncido.

¿Acaso Rebekah se había sentido tan traicionada y humillada como él cuando Lara le confesó que tenía relaciones con otro hombre? Eso creía, a juzgar por el dolor que había notado en su voz. Y por irracional que fuera, pensó que le gustaría encontrarse cara a cara con ese galés y darle su merecido.

–¿Qué pasó? ¿Cómo te enteraste? –quiso saber Dante.

–Dos semanas antes de que se celebrara la boda me confesó que no quería casarse conmigo.

Rebekah no quiso contarle el doloroso episodio

que hizo que Gareth admitiera que no la quería. Por lo que suspiró y añadió:

—A mí no se me había pasado por la cabeza que Gareth llevara meses teniendo relaciones con Claire. Ahora, cuando lo pienso, reconozco que las cosas no iban bien entre los dos; pero entonces estaba tan ocupada con los preparativos de la boda que... en fin, suponía que las cosas volverían a su cauce normal después de la ceremonia. Me costó mucho creer que él y Claire estuvieran teniendo relaciones. Pero eso explicó muchas cosas.

—¿Qué quieres decir?

Rebekah se encogió de hombros.

—Gareth llevaba ya algún tiempo sin que le interesara... —se ruborizó—. Bueno, sin apetecerle acostarse conmigo. Como yo había engordado un par de kilos, lo atribuí a eso. Pasarse el día cocinando no es lo mejor para mantenerse delgada.

Rebekah recordó lo confusa y humillada que se había sentido en tantas ocasiones cuando Gareth se había quedado dormido viendo la televisión.

—Debería haberme dado cuenta de que no quería acostarse conmigo porque se estaba acostando con otra —añadió Rebekah.

Vio asentir a Dante y le pareció que él la comprendía, lo que era extraño, ya que no creía que le hubiera rechazado nadie en toda su vida. No era algo que pudiera ocurrirle a un atractivo millonario.

—La infidelidad y la traición es algo horrible —dijo él con voz seca.

Rebekah se lo quedó mirando, sorprendida por la amargura que había notado en su voz. ¿Cómo podía un playboy comprender el sufrimiento de una traición de amor?

–¿Hablas por experiencia? –preguntó ella.

Dante tardó unos segundos en responder:

–Digamos que me resultó duro aprender que las relaciones entre hombre y mujer, a pesar de que la sociedad se empeñe en llamarlo amor, son unas relaciones puramente físicas, sexuales.

–¿No crees en el amor como concepto?

–¿Y tú, crees en el amor después de que el hombre con el que esperabas casarte te mintiera y te engañara con otra?

Rebekah volvió la cabeza y clavó los ojos en un horizonte que los últimos rayos de sol tornaba rosado, morado y naranja. Era un espectáculo que le llegó al corazón y que le produjo una punzada de dolor al hacerla recordar que su hijo nunca había visto un atardecer.

Había sido una revelación enterarse de que a Dante debían haberle hecho daño en el pasado. Hasta ese momento, ella le había considerado un mujeriego sin ningún interés en una relación seria, una imagen que él mismo se esforzaba en proyectar porque era lo que quería que la gente creyera, pensó ella. Y sintió curiosidad por saber quién era la mujer que tanto daño le había hecho, y también se preguntó si seguía amándola. Lo que le produjo una punzada de dolor.

–Yo creo en el amor –declaró Rebekah en voz baja–. He visto amor en mis padres, en la forma como se miran el uno al otro, y eso que no han tenido una vida fácil, jamás les ha sobrado el dinero. Pero mamá y papá están juntos para enfrentarse a la vida y se adoran. Yo tuve una mala experiencia con Gareth y admito que, durante algún tiempo, pensé que jamás volvería a enamorarme. Pero no quiero pasar el resto de la vida sola y espero que, algún día, llegue a casarme y a tener hijos.

Rebekah alzó los ojos y lo miró. Y le vio distante y ausente, con la mirada perdida en el horizonte.

—¿En serio eres feliz teniendo una aventura amorosa tras otra? —le preguntó ella en un susurro.

Completamente feliz, se dijo Dante a sí mismo, negándose a reconocer que llevaba un par de meses sintiendo una creciente insatisfacción y descontento con la vida que llevaba. Y era pura coincidencia que sintiera eso desde la llegada de la nueva cocinera.

—Sí, por supuesto —respondió él.

Entonces, Dante se levantó de la silla y rodeó la mesa hasta detenerse al lado de Rebekah, que con ese sencillo vestido de verano blanco y el pelo suelto estaba sumamente hermosa y con aspecto inocente. Pero después de haberse acostado con ella había comprobado que no era una inexperta virgen. El abandono con el que había hecho el amor había resultado excitante y aleccionador. Rebekah había respondido a sus caricias con honestidad y él quería repetir la experiencia.

—Mientras estemos aquí, en la Toscana, quiero demostrarte lo satisfactorio que puede ser el sexo sin que haya nada más —le dijo él tirando de ella hasta hacerla ponerse en pie.

A Dante le brillaron los ojos de pasión y ella se ruborizó.

—Dante...

Pero no pudo continuar, porque Dante le selló los labios con los suyos. La besó ardiente y apasionadamente, exigiendo respuesta. Ella sabía que sucumbir era una locura, pero la sangre ya le hervía de pasión.

–Me deseas, *mia bella* –murmuró Dante al interrumpir el beso para que tanto él como ella pudieran respirar–. Y es evidente que yo te deseo.

Dante le puso una mano en las nalgas, tiró de ella hacia sí y la hizo sentir su erección.

–¿Por qué no disfrutar esto durante el tiempo que queramos que dure?

«Esto» era sexo, ni más ni menos, pensó Rebekah. Conocía el peligro inherente a tener una aventura con Dante. Descubrir que tras la imagen de playboy se escondía otro hombre, un hombre con emociones y sentimientos, la había dejado confusa. El sentido común le decía que se resistiera, pero el corazón se le estaba ablandando y el cuerpo le exigía satisfacción.

Lanzó un quedo gemido de placer cuando la mano de Dante se cerró sobre uno de sus senos y comenzó a acariciarle el pezón por encima de la tela del vestido.

¿Quién temblaba, él o ella? No se dio cuenta de que Dante le había desabrochado los botones del cuerpo del vestido hasta que no se lo abrió y sintió sus caricias en la piel desnuda. Y no pudo contenerse más. Le deseaba. Y se entregó a él, a sus besos y a sus caricias, con un entusiasmo que hizo que Dante lanzara un gruñido.

De repente, Dante la levantó en sus brazos.

–Suéltame –protestó ella, resistiéndose a apoyar la cabeza en el hombro de él.

Le encantó estar en sus brazos, le encantó la sensación de seguridad que él le proporcionaba. Pero no debía sentirse segura, pensó al ver el brillo sensual de los ojos de Dante.

–Peso demasiado. Te vas a hacer daño en la espalda –murmuró ella mientras Dante entraba en la casa y comenzaba a subir las escaleras.

–No digas tonterías. ¿Qué problema tienes con tu cuerpo? –preguntó mientras empujaba la puerta de su dormitorio con el hombro.

Se adentró en la habitación con ella en brazos y la dejó de pie al lado de la cama. Entonces, añadió:

–Tienes un cuerpo maravilloso, voluptuoso, sensual y me vuelve loco.

–¿En serio? –murmuró Rebekah débilmente, tratando de no pensar en la esquelética Alicia Benson.

–Créeme, *cara*, ninguna mujer me ha hecho perder el control como tú –admitió Dante a pesar suyo.

Las manos le temblaban cuando le quitó el vestido a Rebekah y le cubrió los pechos con las manos. Le encantaba el peso de esos senos y la cremosa suavidad de la piel. Sintió un vuelco en el corazón al bajar la cabeza hacia los pezones. Le encantó la sensación que le produjo acariciarlos con la lengua, sentirlos endurecer. Y cuando oyó gemir a Rebekah, le quitó las bragas con rapidez, se desnudó él también y la hizo tumbarse en la cama.

Rebekah sintió la urgente necesidad de Dante, una necesidad que compartía. La piel olivácea de él era como la seda, y el vello del duro pecho le pareció lo más sensual que había tocado en su vida. Bajó la mano, pasándosela por el vientre. Le hizo

gemir al cerrar la mano sobre el miembro erecto.
Y la idea de que pronto lo tendría dentro reavivó el
fuego líquido de su entrepierna.

Dante le puso una mano en el pubis y gruñó de
placer al notar la líquida excitación de ella. Pero en
vez de penetrarla, como era evidente que ella quería, le besó los pechos y el vientre.

A Rebekah le dio un vuelco el corazón al sentir
que Dante bajaba aún más la cabeza. Eso era nuevo
para ella. Y se puso tensa cuando le separó las piernas.

—No estoy segura de... ¡Ah! —la incipiente protesta de ella se tornó en un grito de placer.

—Relájate y déjame hacer, *mia bella* —murmuró
Dante.

Iba a estallar, pensó ella.

—Por favor...

Era una tortura insoportablemente deliciosa y se
agarró a las sábanas sacudida por los primeros es-
pasmos del éxtasis. Después de una breve pausa
para sacar un preservativo del cajón de la mesilla
de noche y ponérselo, Dante se colocó encima de
ella y la penetró.

Rebekah cerró los ojos durante unos segundos,
sobrecogida por la sensación del miembro masculino
en su cuerpo, llenándola y completándola. Y entonces Dante comenzó a moverse, despacio, llenándola
aún más profundamente.

Por fin, él aceleró el ritmo y ella le agarró los hombros con fuerza al sentir la proximidad de otro orgasmo. Dante se detuvo un momento y lanzó una
queda carcajada cuando ella le imploró. Y por fin, con

un último y definitivo empellón, alcanzaron el clímax simultáneamente. Y las olas del placer sacudieron sus cuerpos.

Después, abrazados, permitieron que el silencio de la casa les rodeara, aislándoles del mundo exterior. Al cabo de un rato, Dante levantó la cabeza, le dio un beso en la boca y se sorprendió al darse cuenta de que no quería separarse de ella.

El exnovio era un idiota, pensó mientras se acomodaba al lado de ella y la acariciaba con las yemas de los dedos. Rebekah era una mujer maravillosa y sería la esposa perfecta. Era una pena que él no quisiera volver a casarse, porque la consideraría como una seria candidata.

Frunció el ceño, desconcertado por el derrotero que estaban tomando sus pensamientos. Se tumbó de espaldas con los brazos debajo de la cabeza.

–¿Sabes una cosa? No voy a dejar que te vayas –murmuró él viendo cómo le caía el cabello por los hombros cuando Rebekah se sentó en la cama–. No sé cuánto dinero te ha ofrecido Gaspard Clavier para que vayas a trabajar a su restaurante, pero yo te pagaré más. El Caribe no es tan maravilloso como lo pintan.

Dante levantó un brazo y le acarició uno de los pezones. Sonrió al verlo endurecerse instantáneamente.

–Si sigues trabajando para mí, te prometo muchos incentivos –añadió.

–Pero sospecho que ninguno de esos incentivos me hará progresar en mi profesión, como cocinera –respondió Rebekah secamente.

Por nada del mundo iba a permitir que Dante notase lo mucho que le afectaba. Le había hecho el amor con ardiente pasión, pero también había notado un fondo de ternura en las caricias y en los besos de él que podían hacerla creer que había algo más que sexo entre los dos. Por suerte, el sentido común le recordó que no había nada más, que para Dante era solo sexo.

Ahí tumbado, con una sonrisa de satisfacción en los labios, parecía un sultán que acababa de estar con su concubina preferida. La dura belleza de él se le clavó en el corazón, pero no pudo ignorar la arrogancia de su expresión. Dante estaba acostumbrado a que las mujeres le adoraran y, sin duda, esperaba que ella también le encontrara irresistible y accediera a todos sus deseos, incluido que retirara su dimisión.

Por tanto, era de vital importancia que ella impusiera las condiciones de su relación.

—Algún día espero abrir mi propio restaurante y alcanzar los premios más reconocidos como chef —le dijo ella—. Trabajar en un restaurante de Gaspard será una gran experiencia para mí, no puedo rechazar su oferta de trabajo.

Debería estar encantado de que Rebekah no quisiera aferrarse a él, pensó Dante. Era una suerte que comprendiera que él no quería una relación seria ni prolongada; y, por lo que ella había dicho, así parecía ser. Respetaba que, para Rebekah, fuera importante su carrera profesional. En ese caso, ¿por qué se sentía irritado e incluso decepcionado por la actitud de ella?

Dante resistió la tentación de rodearla con los brazos para ver si, después de que la besara y la acariciara, ella seguía tan fría como en ese momento. Al pensar en cómo se había retorcido al sentir la lengua de él en la dulzura del centro de su feminidad tuvo un efecto inmediato en su cuerpo.

Pero al darse la vuelta, de cara a ella, le sobrecogió un sentimiento muy distinto. Rebekah se había quedado dormida, quizá agotada emocionalmente después de haber revivido la traición de su exnovio mientras le contaba lo que había pasado.

Disponía de todo un mes para saciar su apetito sexual con aquel delicioso cuerpo, pensó. Sin duda, en un mes conseguiría liberarse de su obsesión por ella.

Rebekah estaba sola cuando se despertó. Sola, pero en la cama de Dante. ¿Dónde estaba él? ¿Por qué se había marchado? No sabía qué hacer en ese tipo de situaciones.

Estaba a punto de levantarse de la cama cuando la puerta se abrió y Dante entró en el dormitorio.

Dante iba vestido con unos pantalones vaqueros muy usados y una camisa polo color crema. Guapísimo y completamente despejado, lo que la hizo avergonzarse de acabar de despertarse. Miró el reloj y vio que eran las nueve y media, y el sol se filtraba por las persianas a medio abrir.

−¡Es tardísimo! Deberías haberme despertado. Dame un minuto para vestirme e iré a preparar el desayuno.

−Quédate donde estás −le ordenó Dante−. Para variar, he sido yo quien ha preparado el desayuno hoy.

Rebekah había estado tan absorta mirándolo a la cara que no se había fijado en la bandeja que él sostenía. Agrandó los ojos cuando Dante dejó la bandeja sobre sus piernas y vio que había café, tostadas, mantequilla y mermelada y un plato cubierto con una tapadera. Encima de la servilleta había un capullo de rosa.

A Rebekah se le hizo un nudo en la garganta.

—Es la primera vez que me traen el desayuno a la cama —dijo ella con voz ronca.

Dante sonrió.

—Estabas cansada por mi culpa —murmuró él con un brillo travieso en los ojos, haciéndola sonrojar—. Me ha parecido justo que durmieras hasta tarde.

Dante levantó la tapadera del plato y añadió:

—He preparado estos huevos revueltos. Espero que estén bien hechos.

Los había quemado, pensó Rebekah mirando con aprensión aquella masa en el plato.

—Puede que las tostadas no estén tan jugosas como cuando las haces tú —añadió dante.

«Y mucho más negras», se dijo Rebekah en silencio.

—Tiene todo un aspecto estupendo —mintió ella, enternecida por el esfuerzo que Dante había hecho... Más aún cuando vio que tenía una gota de sangre en el pulgar—. ¿Qué te ha pasado?

—La rosa me ha presentado batalla —respondió él.

La verdad era que Dante se sentía ligeramente avergonzado por haber cedido al impulso de salir al jardín a cortar una rosa para Rebekah. No era propio de él hacer ese tipo de cosas. Cuando quería darle flores a una mujer, le pedía a su secretaria que llamara a una floristería y se las enviara. Dolía mucho menos.

Pero la sonrisa de Rebekah recompensó sus esfuerzos. Bajó la mirada a la suave curva de aquellos cremosos senos y deseó que acabara pronto de desayunar para poder tumbarse a su lado.

—¿Qué tal están los huevos?

—Excelentes —Rebekah bebió un sorbo de café para ayudarse a tragar esa especie de goma. Entonces, agarró el capullo de rosa y lo olió—. Gracias.

A Rebekah le dio un vuelco el corazón cuando Dante se inclinó sobre ella y le dio un beso en la boca. Un beso tierno, pero que no le pareció suficiente. Quería más y abrió los labios...

El sonido de un claxon hizo que Dante, con desgana, se apartara de ella, se levantara y se acercara a la ventana.

—Nicole está aquí. Hace un rato ha llamado para decir que iba a venir para hablar de la sesión de fotos contigo —Dante se miró el reloj—. Hoy por la mañana tengo que hacer algunas cosas... Así que ya me darás las gracias como se merece luego, *cara*.

La mirada de Dante contenía una promesa sensual y algo más, algo que ella no se atrevió a calificar de cariño.

«No busques algo que no existe», se dijo Rebekah a sí misma mientras Dante salía por la puerta.

Capítulo 8

DANTE debe conocer a mucha gente aquí –comentó Rebekah a Nicole esa misma mañana, algo más tarde, al mirar por la ventana y ver llegar otro coche–. Me parece que han sido por lo menos seis personas las que han venido a verle hoy por la mañana.

–Vienen a su consulta –le informó la americana mientras enfocaba la cámara en el trípode–. Mucho mejor. Ahora sí se va a ver bien el plato.

Rebekah arrugó el ceño.

–¿Qué consulta?

–La gente de por aquí viene a hacerle consultas de tipo jurídico. Dante es un héroe en esta región. Hace unos años estuvieron a punto de perder las tierras de labor –explicó Nicole–. La empresa propietaria del terreno quería vendérselas a una inmobiliaria para construir un complejo turístico. Dante se puso del lado de los lugareños y consiguió que estos tuvieran prioridad para comprar sus tierras de labor. No les cobró nada por su trabajo e incluso puso dinero de su bolsillo para cubrir gastos. Y, además, prestó dinero a algunos del pueblo que no lo tenían para comprar las tierras, y se lo prestó sin intereses.

Nicole hizo una pausa, sonrió y añadió:

—Como es de suponer, la gente de por aquí le tiene mucho aprecio y le respeta. Los del pueblo saben que pueden acudir a él con sus problemas y que Dante hará lo que esté en su mano por ayudarlos. Y no les cobra.

Nicole volvió a manipular la cámara y Rebekah continuó cortando la verdura de la ensalada para el almuerzo. Cuanto más sabía de Dante más evidente le resultaba que el supuestamente cínico y mujeriego abogado de divorcios ocultaba una personalidad muy distinta. A Dante le importaba la gente y, en el pasado, había querido a una mujer. ¿Qué le había vuelto tan cínico?

Aún pensaba en él cuando Dante entró en la cocina al cabo de un rato.

—Ummmm. Huele muy bien —murmuró dedicándole una sonrisa que le aceleró el pulso—. Espero que, después de las fotos, comamos lo que has preparado.

—Has llegado justo a tiempo —le informó Rebekah—. El almuerzo está casi listo. Pechuga de pollo rellena con champiñón y *mozzarella*. Lo único que me falta es poner un poco de cebolla en la ensalada.

—No... El olor a cebolla es asqueroso —murmuró Nicole que, de repente, se puso muy pálida y se dejó caer en una silla.

Al ver los rostros de perplejidad de Dante y Rebekah, añadió:

—No os preocupéis, no me he vuelto loca. Ya no puedo seguir manteniéndolo en secreto. Estoy embarazada.

Dante reaccionó al instante: se acercó a Nicole y le dio un fuerte abrazo.

—¡Eso es fantástico! ¿Para cuándo?

—Para dentro de unos cinco meses. Estoy encantada. El problema es que tengo náuseas constantemente y el olor de ciertos alimentos me revuelve el estómago; sobre todo, el olor de la cebolla.

Nicole lanzó una mirada de disculpas a Rebekah y, de repente, lanzó un grito.

—¡Eh! ¿Qué te ha pasado en la mano?

—Me he descuidado y me he cortado —respondió Rebekah.

Rebekah se lio una servilleta de papel alrededor de la herida. Se mordió los labios cuando Dante se le acercó y le tomó la mano para examinársela.

—Me parece que te van a tener que dar unos puntos —declaró él con voz llena de preocupación.

—No es nada —insistió Rebekah—. Si no te importa, ponme una gasa y ya está.

Rebekah consiguió sonreír a Nicole y le dijo:

—Felicidades. Debes estar encantada. Y, cuando te den las náuseas, tómate una pasta o una galleta, ya verás como te asienta el estómago.

Dante no consintió que Rebekah preparara la cena e insistió en que tenía que esperar a que cicatrizara la herida. Y la llevó a un pequeño y encantador restaurante cerca de Montalcino en el que cenaron una brocheta de verduras asadas seguida del mejor *risotto* que ella había tomado en su vida.

Después dieron un paseo por el amurallado pueblo medieval.

–Es un sitio tan pintoresco... –comentó Rebekah mientras se dirigían de vuelta a donde Dante había dejado aparcado el coche–. Y, al estar tan alto, tiene unas vistas espectaculares.

–Las vistas son mucho mejor de día.

Dante la miró, aliviado de que pareciera más relajada que por la mañana. Bajó los ojos, los clavó en la herida de la mano de ella y apretó la mandíbula. No sabía qué le había pasado a Rebekah, cuando Nicole les dijo que estaba embarazada. Y eso le hizo recordar el incidente en el bautizo del hijo de James y Susanna. De repente, tuvo la seguridad de que Rebekah le estaba ocultando algo de su pasado. Eran amantes, pero cuando el mes llegara a su fin se marcharían de la Toscana y cada uno se iría por su lado.

Y eso era lo que él quería, se aseguró a sí mismo. No le interesaban las relaciones prolongadas y algo le decía que debía acabar la relación con ella. En ese caso, ¿por qué no quería ni pensar en que ella se marchara de vuelta a Inglaterra?

De vuelta en la casa, Dante atendió un mensaje que le habían dejado en el contestador, de su despacho en Londres.

–Tengo que comprobar una información y enviar un par de correos electrónicos –le dijo a Rebekah–. Vete a la cama, me reuniré contigo lo antes posible.

Rebekah asintió y subió las escaleras. Se detuvo delante de su habitación y se preguntó si no debería dormir sola esa noche. Sabía que era una tontería, pero lo del embarazo de Nicole había despertado en ella emociones que se esforzaba por reprimir y no creía poder hacer el amor con Dante y seguir fingiendo que él no significaba nada para ella.

En ese momento, con el corazón encogido por todo lo que había perdido, no quería enfrentarse al hecho de que, al cabo de unas semanas, también lo perdería a él.

Quince minutos más tarde, Dante entró en su dormitorio y encendió la lámpara de la mesilla de noche antes de salir a la terraza, donde estaba Rebekah.

Se acercó a ella por la espalda, le rodeó la cintura con los brazos y la estrechó contra sí.

–¿Qué haces aquí fuera? –le murmuró al oído.

Al ver que Rebekah no respondía, la hizo volverse y se le encogió el corazón al ver sus ojos llenos de lágrimas.

–*Cara*, ¿qué te pasa? –le levantó la mano vendada–. ¿Te duele? Sabía que deberíamos haber ido al hospital...

Pero Rebekah sacudió la cabeza, interrumpiéndolo.

–No, no me duele. Y ha sido un descuido mío, debería haber tenido más cuidado.

Dante la miró fija e intensamente.

–¿Por qué sabes cómo calmar las náuseas del embarazo?

La sintió ponerse tensa al instante. Vio la lágrima que le resbaló por la mejilla y eso le llegó al alma.

Rebekah sabía que se estaba viniendo abajo, pero no podía evitarlo. Necesitaba desahogarse e, instintivamente, supo que podía hablar con él, que podía confiar en él.

–Yo estuve embarazada –declaró Rebekah en voz baja.

Dante hizo un esfuerzo por mantener la calma.

–Lo siento –sintiéndose impotente, levantó una mano y le acarició el cabello a modo de consuelo mientras esperaba a que ella continuara.

Rebekah tomó aire.

–Durante los primeros meses de embarazo tenía muchas náuseas, por eso sabía lo de las galletas.

–¿Qué pasó? –preguntó Dante.

–Nació muerto cuando yo estaba de veinte semanas. En una ecografía rutinaria se vio que el corazón no le latía –explicó ella con voz carente de emoción, pero él se dio cuenta de que la desafección era una máscara y la estrechó contra sí–. Los médicos no sabían por qué había muerto; pero, por aquel entonces, yo estaba muy estresada y en algún sitio leí que esa podía haber sido la causa.

Rebekah respiró hondo antes de añadir:

–Tuvieron que intervenirme.

De repente, Rebekah apoyó el rostro en el pecho de Dante y rompió en sollozos.

–No debería resultarme tan doloroso después de tanto tiempo –logró decir ella–, pero no puedo evitarlo. Daría cualquier cosa por haber tenido el niño.

–*Dio, cara*.

A Dante se le hizo un nudo en la garganta. Hasta ese momento había creído que sabía lo que era sufrir y sentir la pérdida de alguien, pero Rebekah había sufrido mucho más que él.

Dante se sentó en una silla y la sentó encima de él. La acunó como si fuera una niña mientras ella lloraba.

Al cabo de un buen rato, cuando Rebekah parecía haberse tranquilizado, se aventuró a preguntar:

–¿Era Gareth el padre?

–Sí, pero no quería ese hijo –Rebekah se echó el pelo hacia atrás y se pasó una mano por el rostro–. Me enteré de que estaba embarazada dos semanas antes de la fecha de la boda. Aunque no habíamos hablado de los hijos, supuse que Gareth se alegraría. Pero se quedó horrorizado y fue cuando me contó que llevaba meses teniendo relaciones con Claire y que quería casarse con ella, no conmigo.

Dante frunció el ceño.

–¿Y no te ofreció casarse contigo al saber que estabas embarazada?

Rebekah sacudió la cabeza.

–Gareth no me quería y no quería tener un hijo conmigo. Acabó confesándome que le había dicho a Claire que había dejado de acostarse conmigo, lo que era verdad. Hacía tiempo que no teníamos relaciones; pero una noche, después de tomar unas copas... acabamos en la cama y fue cuando lo concebí.

Rebekah suspiró antes de continuar.

–A Gareth lo único que le preocupaba era que Claire se pusiera furiosa si se enteraba de que él le había mentido y de que se había acostado una noche conmigo. Y me ofreció dinero si abortaba.

Rebekah lanzó una amarga carcajada.

–Gareth había heredado bastante dinero de su padre. Sabía que yo tenía la ilusión de algún día abrir mi propio local, así que me ofreció comprarme un local a cambio de abortar.

—Por eso es por lo que te disgustó tanto que yo te comprara ropa, ¿no? —dijo Dante, comprendiendo por qué Rebekah había reaccionado de la forma como lo había hecho—. Pensaste que era a cambio de hacerte mi amante.

Dante sacudió la cabeza y prosiguió:

—En mi trabajo veo a gente maltratando a personas a las que supuestamente han querido en el pasado, pero que tu exnovio quisiera darte dinero para que abortaras es tremendo. ¡Qué sinvergüenza!

—Los meses siguientes a la ruptura fueron horribles para mí —continuó ella—. En fin, después de perder el niño, decidí marcharme de allí. Por eso me trasladé a Londres, para olvidar.

—Es natural —dijo Dante con voz queda.

A Rebekah le sorprendió la compasión que notó en la voz de Dante.

—En cuanto al hombre con el que estabas prometida... —continuó Dante sacudiendo la cabeza—. Lo único que puedo decir es que te mereces mucho más, que él no te merecía.

—Gareth y Claire están casados y tienen un niño —declaró Rebekah en tono neutro—. Yo me siento como si lo hubiera perdido todo y no sé si podré volver a fiarme de un hombre lo suficiente como para tener una relación seria.

—No me extraña —eso era exactamente lo que había sentido él cuando Lara le destrozó la vida, pensó Dante.

Rebekah suspiró.

—Pero tengo que intentarlo. Quiero tener un matrimonio como el de mis padres y espero tener un hijo algún día —dedicó a Dante la sombra de una sonrisa—. Es tentador protegerse y evitar exponerse a que a uno le rompan en corazón, pero eso es una cobardía, ¿no?

¡Cobardía! Dante se puso tenso. No, eso no era una cobardía, era actuar con sentido común. Y eso era justo lo que hacía él, que era realista aunque algo cínico, pero tenía motivos para serlo.

Sin embargo, aunque su exnovio se había portado muy mal con ella, Rebekah estaba dispuesta a arriesgarse a enamorarse aunque eso significara que pudieran volver a destrozarle el corazón. Se la podía tachar de romántica empedernida. Sin embargo, lo que sentía por ella era admiración y respeto.

—Vamos, *mia bella* —murmuró Dante al verla parpadear—. Necesitas descansar.

Dante sospechaba que Rebekah estaba agotada emocionalmente y la empujó hacia la cama sin que ella protestara. La ayudó a quitarse la bata y a meterse en la cama antes de desnudarse él y acostarse a su lado.

Había imaginado que Rebekah querría dormirse inmediatamente, pero ella se acurrucó a su lado y comenzó a acariciarle el pecho, el vientre... Y una oleada de deseo lo sacudió.

Dante volvió la cabeza y sintió algo indescriptible mientras contemplaba los ojos violeta de ella.

—¿Estás segura de que quieres...?

Rebekah asintió. No podía explicar por qué se sentía tan aliviada después de haberle contado lo ocurrido con Gareth. Era como si, por fin, se hubiera deshecho de una carga muy pesada, de los amargos recuerdos del pasado. Había llegado la hora de mirar hacia delante, de volver a disfrutar la vida. Dante la hacía sentirse viva y el deseo que veía en sus ojos grises le daban confianza en sí misma.

—Quiero hacer el amor contigo —susurró ella.

Y el corazón le palpitó con fuerza cuando, sin decir nada, Dante bajó la cabeza y le dio un beso que pronto se transformó en salvaje pasión.

Los calurosos días estivales de la Toscana fueron transcurriendo inexorablemente. Rebekah se angustiaba cada vez que contaba los días y las noches que le quedaban de estar con Dante. Era mejor no pensar, era mejor limitarse a disfrutar la amistad y el compañerismo que había surgido entre los dos. Dante seguía deseándola como al principio y hacían el amor todas las noches con pasión.

—Bien, ya he tomado suficientes fotos —dijo Nicole, sacando a Rebekah de su ensimismamiento—. ¿Podemos comer ya? Ver y oler esta comida me ha dado un hambre de muerte.

Rebekah se echó a reír.

—Vamos a esperar a que Dante y Vito terminen la partida de tenis, ¿te parece? Y por lo en serio que se toman sus partidos, supongo que tendrán apetito suficiente para un guiso galés.

—¿Cómo es el guiso galés? —preguntó Nicole mientras guardaba la cámara y el trípode.

–Es un estofado a base de cordero, puerros y algunos tubérculos. Tradicionalmente se cocinaba en unos pucheros de hierro en una hoguera, pero ahora se hace en un cacharro en el horno.

Rebekah sacó los platos y los cubiertos y, agarrándolos, preguntó:

–¿Te parece que comamos en la terraza? La pérgola nos protege del sol, así que no hay peligro de quemarnos.

Rebekah siguió a Nicole afuera. A pesar del calor y el sol, la parra y una buganvilla proporcionaban una fresca sombra.

–Me parece increíble que ya solo falten las fotos de dos recetas para terminar el libro –comentó Rebekah sentándose en una silla–. Es sorprendente lo que hemos avanzado en solo tres semanas.

–Y también lo es que la editorial te haya ofrecido un contrato después de que les enviaras tan solo una parte de las recetas –Nicole sonrió–. Estoy deseando que se publique el libro.

–Y yo me muero de ganas de enseñárselo a mi abuela –Rebekah entristeció al pensar en su abuela, su madre le había dicho que cada día estaba más débil.

Solo faltaba una semana para que el mes acabara y ella volviera a Inglaterra y fuera a Gales a visitar a su familia. Sintió la típica punzada de dolor que sentía cada vez que pensaba en marcharse de Casa di Colombe. Adoraba esa casa y también a Dante, de quien se había enamorado a pesar de todo. Estaba obsesionada con Dante y él tenía la culpa, pensó disgustada.

Se le aceleró el pulso al ver a Dante, que, acompañado de Vito, el marido de Nicole, se acercaba a la mesa. Los dos hombres estaban muy morenos y eran guapos, pero la altura de Dante y su porte le hacían destacar.

Nicole siguió la dirección de la mirada de ella con expresión interrogante.

–Bueno, dime, ¿qué relación tienes con Dante? Y no me digas que eres solo su cocinera –sonrió traviesamente al ver el rubor de Rebekah–. No me malinterpretes, me parece estupendo que tengáis una relación. Me preocupaba que lo de Lara pudiera tener un efecto irreversible.

Rebekah se puso tensa.

–¿Quién es Lara?

–¡Cielos! Lo siento, creía que te lo había contado –de repente, la americana pareció evasiva–. Conoció a Lara hace años, cuando vivía en Nueva York. Allí lo conocí yo también. Dante era amigo de Vito y, cuando yo empecé a salir con Vito, pasábamos casi todo el tiempo juntos.

Nicole se interrumpió y, en un intento por cambiar de conversación, dijo:

–¿Por qué no venís tú y Dante a comer con nosotros este fin de semana? Es hora de ser yo quien cocine.

–Lo siento, pero este fin de semana no vamos a poder –dijo Dante a espaldas de Rebekah.

Dante se sentó al lado de Rebekah y le dedicó una de esas sonrisas sensuales que la dejó sin respiración.

–Voy a llevar a Rebekah un par de días a Florencia –añadió él.

–¿Sí? –Rebekah no ocultó su sorpresa.

–Sí. Vamos a ir a un hotel de cinco estrellas en el centro de la ciudad, muy cerca del campanario de Giotto en la plaza del Duomo y de la galería Uffizi, y vamos a comer en algunos de los mejores restaurantes de la ciudad. Creo que te mereces un descanso –y añadió bajando la voz para que solo Rebekah pudiera oírle–: la habitación tiene cama con dosel, así que no puedo prometer que vayamos a ver muchas cosas, *mia bella*.

Rebekah enrojeció y se levantó rápidamente para servir el almuerzo.

La mayoría de los días trabajaba en sus recetas por las mañanas, y Nicole iba a sacar fotos de los platos mientras Dante y Vito jugaban al tenis. Solían almorzar juntos y, después de que Nicole y Vito se marcharan, Dante y ella subían a echarse la siesta en la fresca habitación de él.

Así pasaban los días y ella tenía miedo del momento en que tuviera que marcharse de Casa di Colombe y de separarse de Dante.

–¿Por qué me vas a llevar a Florencia? –le preguntó ella después de haber hecho el amor, en la cama de Dante, aún sorprendida del placer que él acababa de proporcionarle.

–Porque me dijiste que te gustaría visitar esa ciudad.

Dante sabía que podía haber puesto una excusa, pero no tenía sentido. Había dejado de tratar de racionalizar por qué le gustaba tanto estar con Rebekah, y no solo en la cama.

Rebekah se le había clavado en el corazón. El sexo

con ella era más satisfactorio que con nadie, pero también le gustaba charlar con ella y estar a su lado. Era una mujer interesante y con sentido del humor. A veces le enfadaba, cuando ella se molestaba si le parecía que algo amenazaba su independencia. El día anterior, por ejemplo, habían discutido porque, en Montalcino, Rebekah se había negado a permitirle pagar un cántaro de barro que quería comprar.

Era lo contrario a las mujeres con las que solía ir, que trataban de sacarle el mayor dinero posible. Empezaba a dudar de que su interés por ella se desvaneciera. Estaba incluso considerando la posibilidad de pedirle que volviera con él a Londres no como su cocinera, sino como su amante.

Si no quería que se marchara a trabajar al restaurante de Gaspard Clavier en Santa Lucia, sabía que tenía que ofrecerle algo más que una aventura amorosa pasajera. Lo malo era que no sabía realmente lo que quería, y eso le preocupaba más de lo que se atrevía a admitir.

Capítulo 9

FLORENCIA era una ciudad maravillosa. Después de tres días de pasearse por la ciudad, Rebekah casi no podía dar crédito a la exquisita arquitectura que había visto y que la hacían la joya del Renacimiento.

La última tarde que iban a pasar allí, Dante la llevó a un famoso restaurante cerca de Puente Vecchio y se sentaron a una mesa con vistas al río Arno. La luz del atardecer tiñó el cielo de rojo y confirió a la superficie del río una pátina dorada.

–La vista es incomparable –murmuró ella.

–Sí, lo es –concedió Dante–. Igual que tú. Estás deslumbrante con ese vestido, *cara*.

Rebekah se sonrojó de placer y se miró el vestido de seda color verde jade, uno de los que él le había comprado. Había decidido usar la ropa, pero había insistido en no cobrar el suelo de ese mes, a modo de compensación por lo que Dante se había gastado.

–El vestido es precioso, pero me parece que tiene demasiado escote, me da miedo que se me salga el pecho.

–La esperanza es lo último que se pierde –comentó él con voz suave y traviesa.

La mirada que Dante le lanzó la hizo sonrojar

aún más... y desear acabar pronto de cenar y volver a la habitación del hotel. La lujosa suite tenía bañera de hidromasaje, y no podía quitarse de la cabeza imágenes de la noche anterior, cuando hicieron el amor en la bañera.

—Gracias por traerme aquí –dijo ella con voz queda–. Florencia es una ciudad maravillosa y jamás olvidaré este viaje.

—Me alegro de que lo estés pasando bien. Podríamos volver –dijo Dante en tono de no darle importancia–. A veces paso una o dos semanas en la Toscana durante el otoño.

Rebekah no quiso recordarle que para entonces ya no trabajaría para él.

—Te has quedado muy callada –comentó Dante–. ¿Te pasa algo?

—Estoy preocupada por mi abuela –respondió ella, no con absoluta sinceridad.

El día anterior había llamado a casa de sus padres y su madre le había dicho que la abuela se había caído. Afortunadamente no se había hecho mucho daño, pero su debilidad iba en aumento.

—Cuando nos vayamos de Italia a finales de la semana tengo intención de ir directamente a Gales a ver a mi abuela.

—Lo arreglaré para que el avión te lleve allí tan pronto como estemos en Inglaterra. Supongo que querrás pasar unos días con tu familia. Después de eso... ¿por qué no vuelves a Londres?

Rebekah deseó poder leerle el pensamiento. ¿Estaba pidiéndole que siguiera trabajando para él o el motivo de la invitación era otro? Si lo que quería era que continuaran su relación, debía negarse. Como mucho, Dante solo querría pasar con ella unos meses más. Y ella acabaría con el corazón destrozado.

–Acordamos que iba a marcharme al cabo de un mes y no ha cambiado nada.

–Claro que sí –respondió él, imperturbable–. Estamos bien juntos, *mia bella*. ¿Por qué renunciar a ello?

Porque, para Dante, se trataba de sexo. Mientras que, para ella...

Rebekah tragó saliva cuando Dante le agarró una mano, se la llevó a la boca y se la acarició con los labios.

–Volvamos al hotel. Deja que te demuestre lo que podemos llegar a disfrutar –murmuró con voz ronca.

Rebekah vio que no tenía sentido continuar la discusión. Y, de la mano, recorrieron las estrechas calles de Florencia de camino al hotel.

La tormenta amenazaba con estallar dos días después de marcharse de Florencia y volver a Casa di Colombe. Negras nubes se arremolinaban sobre las distantes colinas y el ambiente estaba cargado de electricidad.

La tensión en el aire parecía hacerse eco del estado de ánimo de Dante, pensó Rebekah mientras colgaba ropa recién lavada en la cuerda con la esperanza de que se secara antes de que empezara a llover. Desde su regreso, cuando ella mencionó que

Nicole le había dicho que él había vivido en Nueva York, el comportamiento de Dante había cambiado.

Sabía que no debería haber insistido, pero no había podido evitar preguntarle sobre Lara.

—Fue alguien a quien conocí en los Estados Unidos —fue lo que Dante le había contestado—. No comprendo por qué Nicole ha tenido que sacar a relucir el pasado.

—¿Era tu novia? —le había preguntado ella.

—¿Qué importancia tiene lo que era par mí? Ya te he dicho que eso ocurrió hace muchos años.

Y tras esas palabras Dante había dado por zanjado el asunto. Y aquella noche, por primera vez desde que estaban en Toscana, Dante no le hizo el amor. Se había tumbado, de costado, alegando en tono frío que estaba cansado y que suponía que ella también lo estaba.

Quizá ya se estuviera cansando de ella, pensó Rebekah tristemente entrando en la casa después de colgar la ropa. Posiblemente Dante se alegraba de que, en pocos días, volverían a Inglaterra, mientras que a ella le aterrorizaba que llegara ese momento.

Se alegró cuando Dante le pidió que ordenase la habitación de su abuela. Teniendo algo en que ocuparse le evitaría recordar que pronto llegaría el sábado, el día que se marchaban de allí.

Nadie había tocado los objetos personales de Perlita desde su muerte, y Dante le había pedido que vaciara los armarios y metiera la ropa en cajas con el fin de donarlas.

Dante entró en la habitación cuando ella estaba sacando unas cajas que había debajo de la cama. En una de ellas había cortinas viejas, pero el contenido de una segunda caja le sorprendió.

—Aquí hay ropa de niño —dijo ella con sorpresa—. Ropa de niño muy pequeño, a juzgar por el tamaño. Y las prendas son azules, así que supongo que sería niño. Ah, y también una foto de un niño...

Rebekah fue a agarrar la foto, pero Dante se le adelantó.

—No toques nada de esa caja —dijo Dante en tono autoritario y brusco—. Ciérrala y déjala. Pensándolo mejor, quiero que salgas de esta habitación. Yo me encargaré de las cosas de mi abuela.

—¡Por mí, encantada!

Sumamente irritada por el tono de voz empleado por Dante, Rebekah se puso en pie, dispuesta a marcharse. Pero, al mirarlo, vio una intensa agonía en su expresión. Y se quedó perpleja cuando, de repente, Dante se arrodilló delante de la caja y de ella sacó un osito de peluche.

—El osito Boppa —murmuró, como si se hubiera olvidado de que ella seguía allí—. No tenía ni idea de que la abuela tuviera guardadas las cosas de Ben.

Rebekah sabía que debía salir de la habitación y dejarlo solo. En una ocasión, él le había dicho que no necesitaba a nadie, pero ella no le creía. Estaba segura de que Dante sufría y, sin pensarlo, le puso las manos en los hombros.

—¿Quién... quién es Ben?

—Déjalo, no tiene importancia —Dante encogió los hombros para zafarse de las manos de ella, dejó el oso de peluche en la caja, la cerró y se puso en pie—. No es asunto tuyo.

Dante se la quedó mirando, sus ojos ya no mostraban sufrimiento, sino dureza y resolución.

–Había venido para decirte que he oído que sonaba tu teléfono móvil. Será mejor que vayas a ver quién te ha llamado –añadió Dante.

Rebekah salió de la habitación camino de la cocina, donde había dejado el móvil. No podía evitar sentirse dolida con Dante, que se había negado a revelarle la identidad del misterioso niño. Era evidente que los objetos de esa caja habían tenido un valor sentimental para la abuela. Quizá, años atrás, Perlita había perdido a un hijo. Pero no, no creía que pudiera ser eso ya que el tejido de la ropa era moderno y el oso también.

De repente volvió a oír su móvil y corrió hacia la cocina para contestar la llamada. La tormenta había estallado y la lluvia golpeaba los cristales de la ventana con fuerza, casi ahogando el ruido de los truenos.

Reconoció al instante el número que aparecía en la pantalla del móvil y, con aprensión, contestó:

–¿Qué pasa, mamá?

Diez minutos más tarde, Dante se apartó de la ventana de la habitación de su abuela para mirar a Rebekah, que acababa de entrar.

–Ya te he dicho que voy a encargarme personalmente de las cosas de mi abuela –declaró él con dureza. Pero controló su impaciencia al ver la palidez del rostro de Rebekah–. ¿Qué pasa? ¿Sabes ya quién te ha llamado?

–Era mi madre. Han ingresado a mi abuela en el hospital –Rebekah trató de contener la emoción, pero no lo logró del todo–. Mi abuela... no parece que vaya a vivir mucho más. Tengo que volver a casa inmediatamente.

–Sí, claro.

Al instante, Dante se sacó el móvil del bolsillo y llamó al piloto. En cierto modo, era un alivio distraerse con otra cosa en vez de pensar en el porqué de que su abuela hubiera conservado algunas cosas de Ben.

Dante miró a Rebekah y se le hizo un nudo en el estómago al ver cómo se mordía los labios para evitar derramar lágrimas. Durante un momento, sintió la tentación de estrecharla en sus brazos y ofrecerle consuelo. Pero una barrera parecía haberse erigido entre los dos. Cosa que no le extrañaba, teniendo en cuenta cómo le había hablado.

Sintió no haberle dado explicaciones. Quizá, si le hablara a Rebekah de su pasado, ella comprendería por qué le resultaba tan difícil abrirse, revelar sus sentimientos. Pero ese no era el momento. Rebekah tenía sus propios problemas y, en ese momento, lo más importante era organizar el viaje de ella a Gales.

–El piloto tendrá el avión listo en una hora –le informó él–. Mete en una bolsa lo que tengas que llevarte que realmente necesites, yo me encargaré de recoger el resto y enviártelo.

–Gracias.

Rebekah parpadeó para contener las lágrimas. Ese era el fin. Cabía la posibilidad de que no volviera a ver a Dante. Mejor así, se dijo a sí misma. Mejor que Dante no supiera que se había enamorado de él. Al menos, mantendría intacto el orgullo.

Pero al darse la vuelta para irse, sintió que parte de ella había muerto.

Su abuela Glenys murió una semana después del regreso de Rebekah. La editorial tenía el libro de recetas, pero Rebekah había hecho copias de las fotos de Nicole y las había llevado al hospital. Su abuela le había estrechado la mano y le había dicho en un susurro lo orgullosa que estaba de que el nombre de las dos fuera a aparecer en la cubierta del libro. Aquella fue la última conversación que tuvo con su abuela. Y a pesar del dolor por su muerte, estaba contenta de haberla hecho feliz en sus últimos momentos.

El pueblo entero asistió al funeral. Los días siguientes a este, Rebekah ayudó a sus padres a vaciar la pequeña casa de campo de su abuela.

Dante llamó tres semanas más tarde y le preguntó si iba a volver a Londres. Y cuando le contestó negativamente, en el fondo había esperado que le suplicara que fuese con él. Pero Dante, con voz fría, se limitó a desearle suerte. Era evidente que ya no quería tener nada que ver con ella.

Rebekah se despidió de él fríamente. Pero, tan pronto como colgó el teléfono, se echó a llorar mientras se regañaba a sí misma por haberse enamorado de un playboy. Después, se limpió la nariz y se recordó a sí misma que no podía seguir indefinidamente en casa de sus padres. Tenía que encontrar trabajo y vivir su vida.

Cuando llamó a Gaspard Clavier, este le informó

que seguía interesado en ofrecerle un trabajo y le sugirió que se pasara por su restaurante en Londres para hablar del de Santa Lucia.

Y mientras miraba el calendario de la agenda para decidir qué día iba a visitar a Gaspard, se dio cuenta de que la regla se le había retrasado. Era primeros de septiembre y vio que la había tenido por última vez a mitad de julio, en la Toscana. Con el disgusto de la muerte de su abuela, no había notado que en agosto no le había venido el periodo.

Al principio, pensó que simplemente se le había retrasado. No era posible que se hubiera quedado embarazada, estaba tomando la píldora y Dante había utilizado preservativos. Pero después de unos días más, hizo lo lógico, se hizo la prueba de embarazo.

Estaba sentada en el borde de la bañera cuando vio las dos líneas en la ventanilla del aparato que le indicaron que estaba embarazada. ¡El hijo de Dante! Iba a hacer todo lo que estuviera en su mano con el fin de asegurarse de tener un hijo sano. Y lo querría con locura.

Pero... ¿cómo iba a reaccionar Dante? A su mente acudió el rechazo de Gareth. ¿Qué iba a hacer Dante cuando se enterara de que iba a ser padre?

El médico de cabecera la sorprendió aún más al decirle que posiblemente estuviera embarazada de diez semanas. La leve menstruación que había tenido en julio en la Toscana se había debido a una metrorragia, algo que ocurría a veces durante el primer mes de embarazo.

–Con la mini píldora que tú tomas, es de absoluta importancia ingerirla todos los días a la misma hora –le explicó el médico al decirle ella que tomaba anticonceptivos–. Además, cualquier vómito o problema de estómago puede restar efecto a la píldora.

Rebekah se acordó de la noche que Dante la llevó al teatro, la primera noche que habían hecho el amor. En la fiesta había ingerido alcohol sin saberlo y se había pasado el día siguiente vomitando. Por lo tanto, debía haber concebido esa noche.

–Pero es extraño que no haya notado nada –le dijo ella al médico–. Con el primer embarazo tenía náuseas constantemente.

–Todos los embarazos son distintos –le explicó el médico con una comprensiva sonrisa–. Estás sana y no hay motivo por el que no puedas dar a luz un niño sano dentro de unos siete meses.

Rebekah salió de la consulta del médico rebosante de felicidad de saber que iba a ser madre. Por supuesto, la situación no era la ideal ya que siempre había pensado que se casaría antes de tener hijos.

De repente, le entró miedo al dudar de la reacción de Dante. De todos modos, tenía que decírselo, tenía que decirle que iba a ser padre. Iban a tener un hijo juntos y él también tenía sus responsabilidades como futuro padre.

Dante miró sin entusiasmo el bacalao en salsa blanca que tenía en el plato. Al probarlo comprobó que el sabor era tan insulso como el aspecto. Sin embargo, no podía culpar a la nueva cocinera por su falta de apetito, la señora Hall hacía todo lo que podía.

Pensó en el pastel de pescado de Rebekah, con suculentos trozos de bacalao, salmón y gambas, todo ello bañado en salsa de perejil y queso gratinado.

Todavía le costaba creer que ella le hubiera rechazado. En la Toscana, le había dado la impresión de que Rebekah se sentía feliz con él. Habían pasado todo el tiempo juntos, habían hecho el amor todas las noches y estaba convencido de que ella lo había pasado tan bien como él.

Pero la fría conversación que habían tenido cuando él la llamó a Gales había dejado muy claro que su relación había acabado, ella se había negado a volver con él a Londres.

Dante se había sentido vacío de repente y había pensado en insistir, pero desistió de la idea. Rebekah había tomado una decisión y él no quería hacerle saber lo desilusionado que estaba.

Se había repetido una y mil veces que no le importaba, que podía encontrar otra amante cuando quisiera. Incluso había salido con un par de mujeres y, aunque ambas eran hermosas, elegantes y rubias, le habían aburrido soberanamente y no había vuelto a salir con ninguna de las dos.

Apartó el plato, lo llevó a la cocina y echó el contenido a la basura. Era una suerte que la señora Hall no vivía en el apartamento del sótano, así no se enteraba de que la mayoría de las comidas que le preparaba acababan en la basura.

Dante se dirigió al salón y se sirvió un whisky,

el segundo desde que había vuelto del despacho por la tarde. No solo tenía Rebekah la culpa de su falta de libido sino también del daño irreparable a su hígado.

Frunció el ceño al oír el timbre de la puerta. No esperaba visitas, pero fue a abrir de todos modos.

Y se quedó helado al ver a su visitante.

–Hola, Dante.

Durante unos segundos, Dante pensó que la mente le estaba jugando una mala pasada. Le parecía increíble estar pensando en Rebekah y, de repente, tenerla ahí delante, en carne y hueso.

Y estaba preciosa. El cabello le caía sobre los hombros y sus increíbles ojos violeta lo miraban bajo enormes pestañas oscuras. El abrigo rojo cereza le sentaba maravillosamente. Tenía aspecto fresco, sano, sensual.

Dante resistió la tentación de estrecharla en sus brazos y besarla hasta hacerla perder el sentido. Pero el orgullo se lo impidió, el mismo orgullo que le decía que no le pusiera las cosas fáciles a Rebekah. ¿Acaso creía ella que con solo plantarse delante él la iba a recibir con los brazos abiertos?

–Rebekah, qué sorpresa –dijo Dante fríamente–. No sabía que estabas en Londres. ¿Te has trasladado otra vez a la ciudad o has venido solo de visita?

–Yo...

La frialdad de Dante la había decepcionado. ¿Era ese el hombre que había hecho apasionadamente el amor con ella, el hombre que había considerado un amigo y con el que había pasado un mes en la Toscana? Por el tono de voz de él, cualquiera diría que eran simplemente conocidos. Aunque quizá solo fuera eso para Dante. Después de tener una aventura con ella, ahora solo la consideraba una examante, una de tantas a quien sustituir.

El valor casi la abandonó y medio se volvió para marcharse.

—Bueno, ¿cómo estás? —Dante abrió más la puerta y Rebekah miró hacia el interior de la casa esperando ver aparecer una rubia esbelta.

—Pues... —no, huir no era la solución. Tenía que decirle a Dante que iba a ser padre—. Estoy bien, pero tengo que hablar contigo; es decir, si no estás ocupado esta noche.

Dante le lanzó una mirada interrogante.

—No, esta noche no tengo ningún compromiso. Vamos, entra.

La casa le resultó dolorosamente familiar. En el elegante cuarto de estar, miró a su alrededor y se fijó en los helechos que ella había comprado para hacer más acogedora la estancia, estaban muy bien cuidados.

Se desabrochó el abrigo, pero no se lo quitó por si él notaba la ligeramente abultada redondez de su vientre. Lo que era una tontería, ya que había ido allí justo para decirle que iba a tener un niño.

Sintió la boca seca y se pasó la lengua por los labios nerviosamente. No creía que Dante fuera a reaccionar peor que Gareth lo hizo en el pasado. Sin embargo, lo que quería era que Dante se sintiera feliz al enterarse de que iba a ser padre. ¿Era una tonta por esperar que quisiera tener ese hijo?

—Supongo que te preguntarás por qué he venido —dijo Rebekah.

Dante encogió los hombros.

—Creo que sé por qué has venido.

—¿Sí?

—Sí —Dante dejó el vaso que tenía en la mano y se acercó a ella con mirada lujuriosa—. Echas de menos lo que había entre los dos y has venido para ver si quiero que vuelvas conmigo. ¿Y sabes una cosa, *cara*? Estás de suerte, todavía te deseo.

Sí, la echaba de menos, pensó Dante admitiendo la verdad que había tratado de ocultarse a sí mismo. Y no era solo el aspecto sexual de su relación lo que había echado en falta, sino la encantadora sonrisa de ella, sus hermosos ojos, la suavidad de su voz, su risa y, en definitiva, el placer de su compañía.

Incapaz de resistir la tentación de los suaves labios de ella, bajó la cabeza y la besó.

Rebekah estaba tan sorprendida que, sin pensar, respondió al beso. ¡Cuánto le había echado de menos! Y comenzó a temblar cuando él la estrechó en sus brazos.

—Si no recuerdo mal, se puede hacer cómodamente el amor en el sofá —murmuró él—. ¿O prefieres que vayamos a mi habitación?

—No... no... ninguna de las dos cosas. No he venido para eso —respondió Rebekah respirando con dificultad.

Y al darse cuenta de la facilidad con la que había sucumbido a sus caricias, se apartó de él.

—Pues quién lo diría —comentó Dante burlonamente.

¿Se estaba haciendo de rogar Rebekah? Se preguntó él con impaciencia al tiempo que agarraba el vaso que había dejado y se acercaba al mueble bar–. ¿Te apetece una copa? Ah, no, se me había olvidado que tú no bebes alcohol. ¿Te apetece un refresco?

–No, gracias –Rebekah respiró hondo–. De alguna manera, mi alergia al alcohol es el motivo por el que estoy aquí ahora.

Dante enarcó las cejas, pero no hizo comentario alguno.

Haciendo acopio de todo su valor, Rebekah enderezó los hombros y dijo sin más:

–Voy a tener un hijo.

Dante se quedó inmóvil durante unos segundos, pero por la expresión se veía que estaba atónito. El silencio estaba cargado de tensión. Por fin, él levantó el vaso y se lo llevó a los labios.

–Felicidades. ¿Era eso lo que querías que te dijera? –su mandíbula endureció–. No has perdido el tiempo, ¿verdad? Supongo que el padre es alguien a quien has conocido a tu regreso a Gales.

Capítulo 10

A REBEKAH no se le había pasado por la cabeza que Dante pudiera pensar que otro hombre la había dejado embarazada.

—El padre eres tú —declaró ella con voz queda—. Concebí la primera noche que nos acostamos, la noche que fuimos al teatro y luego a la fiesta.

—Me dijiste que estabas tomando la píldora —contestó Dante con expresión indescifrable tras un prolongado silencio—. Me fie de ti.

Dante sintió un escalofrío al recordar otra ocasión, en el pasado, en el que una mujer le dijo que iba a tener un hijo suyo. Y, como un idiota, había creído a Lara. Pero esta vez no iba a ser tan inocente.

¿Cómo podía haberse tornado tan fría la mirada de Dante? No había esperado que se mostrara entusiasmado, pero la frialdad de él se le clavó en el corazón.

—No te mentí —le informó ella con dignidad—. Estaba tomando la píldora; pero debido a que en mi familia todos tenemos la tensión alta, estaba tomando una mini píldora, que no es tan eficaz como la normal. No sabía que el ponche de frutas de la fiesta tenía alcohol; de haberlo sabido, no lo habría tomado. Entonces, cuando me puse a vomitar después de acostarme contigo, no sabía que la píldora quizá ya no hiciera efecto.

Dante la miró con expresión interrogante.

—Debes admitir que es normal que tenga dudas —comentó él con expresión carente de emoción—. Sin embargo, si realmente he sido yo quien te ha dejado embarazada, ¿por qué has esperado hasta ahora pare decírmelo? Estamos a finales de octubre... ¿y concebiste en junio? De eso hace ya cuatro meses.

Dante se acercó a ella, le abrió el abrigo y le miró el vientre. Sí, estaba abultado. No cabía duda de que Rebekah estaba embarazada.

—Mi padre tuvo un accidente en la granja. El tractor se volcó y le aplastó —a Rebekah le tembló la voz al recordar el cuerpo de su padre atrapado entre las ruedas.

Ifan Evans era un hombre gigantesco que jamás enfermaba. El accidente, casi mortal, había afectado a toda la familia. Ifan había pasado varias semanas en cuidados intensivos y ella, relegando a un segundo plano su embarazo, se había dedicado a prestar apoyo a la familia. Volvió a centrarse en sus asuntos cuando su padre regresó a la granja, ya bastante mejor.

—Comprendo que lo del embarazo te haya sorprendido, a mí me pasó lo mismo —le dijo a Dante—. Pero los dos somos adultos y tenemos que aceptar que ningún método anticonceptivo es infalible.

—Quiero pruebas de que yo soy el padre.

Rebekah se mordió los labios.

—Y una vez que tengas pruebas, ¿me vas a pedir que aborte? Porque desde ahora te digo que, tanto si quieres ser el padre del hijo que voy a tener como si no, no voy a abortar.

–No, no se me había pasado por la cabeza pedirte eso –respondió Dante–. Dime, ¿cómo te sientes tú? ¿Te apetece tener un hijo?

–Sí, mucho –respondió ella al instante–. Aunque también estoy un poco asustada.

Dante le dio la espalda y se sirvió más whisky, y se sorprendió al ver que le temblaban las manos. Él tenía la culpa de que Rebekah se encontrara en esa situación, pensó amargamente. Rebekah ya había tenido un hijo nacido muerto y este embarazo debía hacerle recordar el pasado y tenerla muy asustada. Necesitaba el apoyo de él, no su ira. Pero él no podía ofrecérselo. Le avergonzaba admitir que también estaba asustado, que tenía miedo de que le hicieran daño, como le había sucedido años atrás.

Rebekah estaba al borde de la desesperación. De nuevo, un hombre la había dejado embarazada y ese hombre no parecía querer ser padre.

–Eres tú quien me ha dejado embarazada, no otro hombre –Rebekah posó una mano en su vientre con expresión de orgullo maternal–. Dentro de cinco meses vamos a ser padres, será mejor que te hagas a la idea.

Respiró hondo y añadió:

–Si insistes en que nos sometamos a pruebas de paternidad, no tengo ningún inconveniente –cerró los ojos para contener las lágrimas–. Pero me duele que hayas podido creerme capaz de engañarte de esa manera, de hacerte creer que eres tú quien me ha dejado embarazada siendo otro.

–No sería la primera vez que me pasa –contestó Dante secamente.

–Yo... no sé qué quieres decir.

De repente, sin saber por qué, Rebekah pensó en la caja que había en la habitación de la abuela de Dante, la caja con objetos de un niño.

–Tiene que ver con Ben, ¿verdad? –supuso ella–. ¿Quién es Ben?

–Yo creía que era mi hijo. Y por ese motivo me casé con su madre.

Lo que no era del todo verdad, reconoció Dante en silencio. Estaba enamorado de Lara cuando ella le dijo que iba a ser padre y aprovechó la oportunidad para casarse con ella.

A Rebekah le temblaron las piernas.

–¿Que has estado casado? No comprendo...

Dante vio a Rebekah tambalearse. Había palidecido y temió que se mareara. Se maldijo a sí mismo porque, en vez de ayudarla a ponerse cómoda, ni siquiera la había invitado a que se quitara el abrigo.

–Siéntate –dijo él.

Dante frunció el ceño al ver que Rebekah no protestaba y la ayudó a quitarse el abrigo antes de empujarla suavemente hasta un sillón. Ella, obediente, se sentó, apoyó la cabeza en el respaldo y cerró los ojos.

Dante aprovechó la ocasión para observarla. Por primera vez desde que le había dicho que estaba embarazada, pensó en lo que eso significaba. Era más que probable que fuera él quien la había dejado embarazada. Sintió algo en lo más profundo de su ser, pero no sabía qué era. Alargó una mano hacia ella para tocarla el vientre, pero la retiró rápidamente cuando, en ese momento, Rebekah abrió los ojos.

–¿Te estás cuidando? ¿Comes bien y variado? –preguntó Dante.

–Como muchísimo, por eso es por lo que ya se me nota. Me temo que no voy a ser una de esas mujeres que apenas engordan durante el embarazo y poco después del parto se pueden volver a poner los vaqueros que llevaban antes cuando no estaban embarazadas.

–¿Y eso qué importa? –dijo Dante, pensando que Rebekah nunca había estado tan guapa como en ese momento.

Las curvas de ella le parecían increíblemente sensuales, pero había algo en ella que no podía explicar, quizá fuera ese aire de serenidad, de satisfacción, que suavizaba sus hermosos rasgos. Sí, estaba más encantadora que nunca.

Bruscamente, se apartó de ella, volvió al mueble bar y se echó más whisky en el vaso.

–Has dicho que no comprendes. Bien, te voy a hablar de Ben.

Dante se llevó el vaso a los labios, haciendo una pausa.

–Hace seis años, yo trabajaba en un despacho de abogados en Nueva York y tuve relaciones con una abogada que trabajaba allí también. Lara era un par de años mayor que yo. Había sido modelo de alta costura, pero había dejado la carrera de modelo por la abogacía.

Así que la misteriosa Lara que Nicole había mencionado en la Toscana era una mujer hermosa e inteligente, pensó Rebekah con dolor. Pero se dio cuenta de que Dante seguía hablando y trató de prestar atención a lo que él decía.

—Yo sabía que estaba saliendo con otro antes de que nos conociéramos, pero me aseguró que había roto con él —Dante hizo una mueca de disgusto—. Reconozco que estaba loco por ella. Era increíblemente atractiva, ambiciosa, sofisticada... la clase de mujer que me gustaba —suspiró—. Aunque no estaba a favor del matrimonio, quizá por los problemas entre mis padres, cuando Lara me dijo que se había quedado embarazada, me alegré y le propuse matrimonio. Y aunque no había pensado tener un hijo, me ilusionó la idea de ser padre.

Dante volvió a beber un sorbo de whisky y prosiguió:

—Asistí al parto y le tuve en mis brazos a los cinco minutos de nacer. Adoré a Ben desde el primer momento. Estaba loco por él y muchas veces me quedaba con él, cuidándole, porque Lara quería ascender en su profesión. Incluso le llevé solo a Casa di Colombe en varias ocasiones, Lara se había quedado en Nueva York.

Dante hizo una pausa.

—Perlita le quería tanto como yo. Pero durante una estancia en la Toscana, cuando Ben tenía dos años, Lara apareció de improviso y anunció que nuestro matrimonio se había acabado. Así, sin más. Acabó admitiendo que tenía relaciones con su exnovio desde hacía unos meses, que quería divorciarse de mí y casarse con él.

Dante volvió a llevarse el vaso a los labios, el fuego líquido le bajó por la garganta.

—Estaba enfadado con ella por haberme engañado, pero lo que más me importaba era Ben e intenté convencerla de que probara a seguir conmigo, por nuestro hijo —la mandíbula se le tensó—. Fue entonces cuando me lo soltó, cuando me dijo que yo no era el padre de Ben. Durante los primeros tiempos de nuestra relación también se había acostado un par de veces con su exnovio. Al quedarse embarazada, estaba segura de que el otro era el padre. Pero como él había roto con ella y además no tenía dinero... En fin, yo tenía un gran futuro por delante, era rico. Y Lara decidió hacerme creer que Ben era mi hijo hasta que su padre natural volvió a aparecer tras haber cobrado una herencia y dispuesto a hacerse responsable de su hijo.

—Oh, Dante...

A Dante le pareció increíble que en dos palabras pudiera haber tanta compasión. Y sintió algo extraño en lo más profundo de su ser al ver la expresión de los ojos de Rebekah.

Rebekah se puso en pie, se acercó a él y le puso una mano en el brazo, un gesto con el que quería ofrecerle consuelo. Él tragó saliva, consciente de que la había tratado vergonzosamente; sin embargo, Rebekah le había ofrecido apoyo sin titubear.

Por la expresión de él, Rebekah se dio cuenta de que Dante no había superado el engaño de su esposa ni verse separado del niño. A pesar de no ser su hijo, debía seguir queriendo mucho a Ben.

—¿Qué ha pasado con Ben? —preguntó ella con voz queda.

–Lara se lo llevó y no he vuelto a verlo. Por lo que sé, se casó con el padre de Ben y deben seguir juntos.

–Lo que te pasó es terrible –dijo ella compungida–. Pero esta situación es diferente. Te juro que el niño es tuyo y, además, he accedido a que hagamos la prueba de paternidad.

De repente, Rebekah se sintió agotada, tanto física como emocionalmente. Quería estar sola para asimilar todo lo que Dante le había contado de su pasado. Ahora ya no le extrañaba la reacción de Dante al decirle que iba a ser padre.

–¿Cuándo podríamos someternos a la prueba de la paternidad? –preguntó ella en tono neutral.

–Lo arreglaré para que nos hagan los análisis de sangre mañana. Suelen tardar de una semana a diez días en dar los resultados –por su trabajo con casos de divorcio, Dante estaba acostumbrado a asuntos relacionados con demostrar la paternidad.

Dante empequeñeció los ojos al ver que Rebekah se ponía el abrigo.

–¿Adónde vas?

–Voy a pasar la noche en casa de una amiga, Charlie. Dime dónde vamos a hacernos los análisis. Me reuniré allí contigo mañana.

–Creo que deberías quedarte aquí esta noche.

Dante no quería que se marchara. Si era él quien realmente la había dejado embarazada, tenían que hablar de lo que iban a hacer, de cómo iban a criar a su hijo.

Dio. ¿Acaso era un idiota por pensar que iba a ser padre? El instinto le decía que podía fiarse de Rebekah, estaba convencido de que era una mujer honesta y sincera. Pero, en el pasado, también se había fiado de Lara y el resultado había sido catastrófico para él. Después del divorcio, se había jurado a sí mismo nunca más volver a fiarse de una mujer.

–Puedes dormir en tu antigua habitación –le dijo él–. Aún tienes ropa ahí. Por la mañana, iremos a la clínica en Harley Street.

–No, gracias. Charlie me está esperando. Lo que sí te voy a pedir es que hagas el favor de pedirme un taxi por teléfono.

–No digas tonterías –Dante se dio cuenta de que no podía obligarla a pasar la noche en su casa–. Yo te llevaré en el coche a casa de tu amiga.

–No puedes conducir, has bebido.

Rebekah tenía razón, la cantidad de whisky que había ingerido le impedía sentarse al volante. Reprimió las ganas de abrazarla y decirle que la creía, que creía que iba a ser el padre de su hijo. El cerebro le decía que esperase a tener pruebas, así que ignoró el dictado del corazón.

–Mi chófer te llevará –dijo Dante con voz seca–. Yo iré a recogerte por la mañana.

Los padres de Rebekah vivían en una granja en el parque nacional de Snowdonia. De no haber estado sumido en sus pensamientos, Dante habría disfrutado de un paisaje de verdes valles y picos montañosos; en uno de ellos, el más alto, habían caído los primeros copos de nieve del año. Además, la tortuosa y estrecha carretera exigía toda su atención.

¿Habían pasado solo dos días desde que Rebekah fuera a visitarle a su casa en Londres? Le parecía que de eso hacía una eternidad. Frunció el ceño al recordar la palidez de ella al recogerla al día siguiente en casa de su amiga para ir a la clínica a hacerse los análisis.

Le había preocupado el aspecto de Rebekah; sobre todo, las profundas ojeras. Le había pedido que se quedara unos días en su casa, para descansar, pero Rebekah se había negado en redondo:

—Tengo billete de vuelta a Gales y quiero ir a casa —le había dicho Rebekah en un tono que no admitía discusión—. Quiero estar con mi familia. Todos han sido maravillosos conmigo y sé que, pase lo que pase, puedo contar siempre con su cariño y con su apoyo.

¿Acaso había sido eso un reproche velado por su falta de apoyo? Desde luego, no se le podía reprochar, reconoció él. Desde que se separaron no había hecho más que pensar en ella y se arrepentía de cómo la había tratado.

El día anterior le había llamado por teléfono, consciente de que debía disculparse, pero sin saber qué decir. Rebekah había contestado con monosílabos y frialdad, y él no había podido decirle realmente lo que sentía.

Por fin, cruzó una verja de hierro y detuvo el coche delante de una vieja casa de piedra de granja. El lugar parecía desierto, a excepción de unas gallinas picoteando por el barrizal. Un perro ladró al oírle acercarse a la casa. Daba la impresión de que la puerta delantera no se había utilizado en años. Pero en un lateral había una puerta medio abierta que daba a la cocina.

Nadie acudió a su llamada, pero pudo oír voces hablando en una lengua que no entendía, galés. Suponía que debía haber avisado a Rebekah de que iba a ir a verla, pero había preferido sorprenderla.

Un gato se frotó contra sus piernas al entrar en la cocina. Vaciló unos instantes antes de abrir la puerta que tenía de frente y, cuando por fin la empujó, entró en una estancia abarrotada de gente. Debía haber al menos doce adultos sentados alrededor de una mesa rectangular y unos niños en una mesa auxiliar. Un hombre gigantesco de cabello cano presidía la mesa, un hombre que debía ser el padre de Rebekah. Al mirar a los hermanos, comprobó que todos eran tan grandes como el padre. Al clavar los ojos en Rebekah... se le hizo un nudo en la garganta.

Se hizo un profundo silencio, todas las miradas dirigidas a él. Miradas desconfiadas de los hombres galeses y sus esposas ante un desconocido.

Entonces, el padre de Rebekah hizo amago de levantarse, pero el joven que estaba a su lado se le adelantó y, poniéndose en pie, dijo:

—Yo me encargaré de esto, *Tada*.

Rebekah, que lo miraba como si estuviera viendo un monstruo, también se levantó de la silla.

Y, de repente, Dante sintió una intensa emoción al ver el redondeado vientre de ella. Él había dejado embarazada a Rebekah e iba a ser padre. Miró a su alrededor y dejó de importarle que le considerasen un intruso. Rebekah iba a darle un hijo y estaba decidido a convencerla de que quería ser padre.

Capítulo 11

SIÉNTATE, Beka –le ordenó su hermano. Pero ella, lanzándole una penetrante mirada de advertencia, dijo:

–Owen, soy yo quien se va a encargar de este asunto, es mi problema –entonces, se volvió a Dante y le preguntó–: ¿Qué haces aquí?

Dante hizo un esfuerzo por controlar la irritación que la frialdad de ella le había causado y respondió:

–Tenemos que hablar.

Una de las mujeres sentadas a la mesa se levantó. La madre de Rebekah era bajita y regordeta, de cabello negro con hebras plateadas y una mirada violeta penetrante.

–Usted debe ser el señor Jarrell. Yo soy Rowena Evans. Mi marido, Ifan –la mujer señaló al gigante que presidía la mesa–. Y estos son mis hijos, sus mujeres y sus hijos.

La mujer lo miró de arriba abajo y añadió:

–Rebekah le acompañará al cuarto de estar, allí podrán hablar sin que nadie les moleste.

Rebekah sabía que era inútil discutir con su madre, así que la obedeció y salió seguida de Dante. Esa era la segunda sorpresa que recibía ese día, pero no la peor, pensó recordando su cita en el hospital aquella mañana. Entró en el cuarto de estar, se hizo a un lado para ceder el paso a Dante y luego cerró la puerta.

Dante llevaba un jersey color crema y unos pantalones vaqueros usados. Su aspecto mediterráneo parecía aún más exótico ahí, en Gales. Sin duda atraería la atención de todo el pueblo. Pero no era probable que Dante se paseara por Rhoslaenau, que contaba con una población de cuatrocientas personas, una oficina de correos y el bar.

—¿A qué has venido? —le preguntó ella después de ofrecerle asiento y de que él rechazara la invitación—. ¿Es que te han dado ya los resultados de las pruebas? ¿No se supone que van a tardar una semana por lo menos?

—No, no tengo los resultados —Dante titubeó—. Pero no necesito los resultados de las pruebas para saber que soy el padre.

Rebekah lo miró sin comprender.

—¿Qué quieres decir?

—Quiero decir que te creo, *cara*. Sé que he sido yo quien te ha dejado embarazada, que voy a ser padre.

Rebekah se mordió los labios, sorprendida por la emoción que había acompañado a las palabras de él. Hablaba como si quisiera realmente ser el padre del hijo que ella iba a tener.

Rebekah tragó saliva. Quizá, aunque Dante no la quisiera a ella, sí querría a su hijo.

—Va a ser niño —le informó ella con voz ronca—. Durante la ecografía que me han hecho, me preguntaron si quería saber qué iba a ser y dije que sí.

Al principio no había pensado en averiguarlo;

pero decidió lo contrario cuando la prueba reveló un posible problema.

¡Iba a tener un hijo! Dante apenas podía contener la felicidad que sentía.

—Si me hubieras dicho qué día te iban a hacer la ecografía habría venido para ir contigo —declaró él con voz seca, incapaz de ocultar la desilusión que sentía por no haber estado con ella durante la prueba.

—No imaginé que quisieras acompañarme —Rebekah volvió a morderse los labios—. Además, no tienes ninguna obligación conmigo. Me las arreglaré perfectamente si decides que no quieres saber nada del niño. Nacerá en el seno de una gran familia, una familia que le dará todo el cariño que necesite —le recorrió un escalofrío y rezó porque su hijo naciera sano—. Mis padres le querrán, tendrá primos con los que jugar y yo tengo siete hermanos, así que habrá hombres adultos en su vida.

En otras palabras, a él no le necesitaba, pensó Dante. Él iba a ser el padre del hijo de Rebekah y ella no consideraba necesario que formara parte de su vida.

Las palabras de ella se le habían clavado como un puñal en el pecho. No, no podía permitir vivir separado de su hijo. Su hijo le pertenecía, igual que la madre.

—No estoy dispuesto a darme media vuelta y a permitir que tu familia se encargue de la crianza de mi hijo, por muy buenas intenciones que tengan. Quiero a mi hijo y haré lo que sea necesario porque se respeten mis derechos como padre.

Dante lanzó un suspiró y continuó:

—Cuando viniste a verme a Londres el otro día, la noticia me pilló de sorpresa y soy consciente de que no reaccioné bien. Lo siento. No debería haber dudado de tus palabras, estoy convencido de que yo soy quien te ha dejado embarazada y quiero asumir la responsabilidad de mi futuro hijo y hacerme cargo de ti también.

Dante respiró hondo, consciente de los erráticos latidos de su corazón. Llevaba dos noches en las que apenas había pegado ojo pensando en lo que debía hacer. Al final, había llegado a la única conclusión posible.

–Rebekah, quiero que te cases conmigo.

Ojalá la quisiera de verdad, pensó Rebekah tristemente. Pero no era tan inocente como para no saber por qué, de repente, a Dante se le había ocurrido la idea de proponerle el matrimonio.

–La única razón por la que quieres casarte conmigo es por las implicaciones legales en lo que a nuestro hijo se refiere. Sabes que, si nos casáramos, tendrías los mismos derechos que yo respecto al niño –declaró ella secamente.

Dante no lo negó, y el sonrojo de sus mejillas le indicó que había acertado en su suposición. Se le llenaron los ojos de lágrimas mientras contemplaba el fuego de la chimenea.

–Si quisieras ejercer de padre, sé que tendríamos que llegar a un acuerdo en lo que a su crianza se refiere. Pero, de momento, no puedo pensar en esas cosas. Hay... hay algo que debes saber.

Rebekah se abrazó a sí misma, como para darse valor, y añadió:

–La ecografía ha revelado que hay un problema con el corazón del feto.

Dante sintió como si le echaran un jarro de agua fría.

—¿Qué clase de problema?

—No lo sé exactamente, sé que tiene que ver con una válvula del corazón. El médico del hospital local ha iniciado el procedimiento para que me hagan una prueba en un hospital mejor equipado en Cardiff, pero tendré que esperar hasta mediados de la semana que viene por lo menos.

De repente, Rebekah cedió a la tensión y al miedo.

—¡Dios mío, Dante, estoy muy asustada!

A Dante se le hizo un nudo en el estómago. Sabía que Rebekah estaba pensando en el niño que le había nacido muerto. Entonces, se acercó a ella y, al estrecharla en sus brazos, la sintió temblar.

—Acabo de enterarme esta misma mañana. Todavía no se lo he dicho a mi familia. Mis padres lo han pasado muy mal con lo del accidente de mi padre y no quería darles más disgustos —Rebekah miró a Dante al verle sacar el móvil del bolsillo—. ¿Qué haces?

—Tengo un amigo cardiólogo en Londres. Voy a llamarlo para pedir una cita urgente con él. Cuanto antes sepamos cuál es el problema, más probabilidades habrá de solucionarlo, ¿no te parece?

—Sí, pero hoy ya es viernes, así que no podrá vernos hasta el lunes.

Solo dos días hasta el lunes, se recordó Rebekah a sí misma. Pero la idea de esperar todo el fin de semana le pareció insoportable.

—James te va a ver tan pronto como lleguemos a Londres —Dante empleó un tono de voz suave, conmovido por las lágrimas de ella–. Intenta no perder la calma. Yo me encargaré de todo, *cara*.

Dante cumplió su palabra. Fueron a Manchester, al aeropuerto, donde les estaba esperando el avión privado de él y en pocas horas llegaron a Londres.

Al día siguiente, sábado, tenían una cita en el hospital con James Burton, el cardiólogo amigo de Dante. Era extraño encontrarse en su antiguo apartamento, en el sótano de la casa de Dante, pensó Rebekah al acostarse. Y había sido igualmente extraño que Dante hubiera preparado la cena.

De hecho, la tortilla de hierbas aromáticas le había sabido de maravilla. Después, habían visto la televisión un rato. Sorprendentemente, se habían encontrado a gusto el uno con el otro.

Preocupada por los problemas de embarazo, Rebekah apenas pegó ojo aquella noche. Y, a la mañana siguiente, tumbada en la camilla del hospital para la ecografía, estaba tensa y pálida.

James Burton la trató con suma amabilidad durante la prueba, pero ella no lograba controlar el miedo.

–Hay problemas, ¿verdad? –comentó ella presa del pánico al ver que el médico, muy concentrado en su trabajo, no decía nada.

–Sí, eso me temo –contestó James con voz suave.

Aterrorizada, Rebekah agarró la mano de Dante y él le dio un apretón cariñoso.

–¿Cuál es el problema? –preguntó Dante.

–El corazón. Se trata de una deficiencia del septum que resulta en una libre comunicación entre el lado derecho e izquierdo de las aurículas, la condición se demoniza «comunicación interauricular».

Tiene tratamiento, pero a los pocos meses de nacer, lo más probable es que haya que operar al bebé –el cardiólogo hizo una pausa–. Quizá incluso al poco de que nazca, eso dependerá de cómo esté.

Rebekah tragó saliva.

–¿Podría... podría morir?

–Mi equipo y yo haremos todo lo posible para que eso no ocurra –contestó James con expresión seria, pero comprensiva–. Mentiría si dijera que no hay riesgos.

Entonces, al ver la extrema palidez de Rebekah, lanzó una mirada a Dante y añadió:

–Mientras Rebekah se viste, ¿por qué no vienes conmigo a mi despacho? Ahí te daré toda la información que pueda darte de momento.

Dante se sentía vacío. Moviéndose como un autómata, se sentó en un sillón en el despacho de James y se cubrió el rostro con las manos. El dolor que sentía era agonizante.

Bebió de un trago el coñac que James le había dado y trató de asimilar la información que el médico le proporcionó respecto al problema del feto para poder explicárselo a Rebekah después.

Por fin, se puso en pie.

–Me voy a buscar a Rebekah. Me necesita.

–Tranquilízate, amigo –James le puso una mano en el hombro y le acompañó hasta una puerta de cristal que daba a un pequeño jardín privado–. Vas a tener que ser fuerte para poder apoyarla.

Rebekah todavía tenía la llave de la casa de Dante, así que la introdujo en la cerradura y entró.

Dante no estaba en casa, pero tampoco había esperado que estuviera. Después de la ecografía, tras cambiarse de ropa, había ido a buscarle, pero no le había encontrado. Al cabo de un rato, había vuelto para preguntarle a la secretaria de James Burton si sabía dónde estaba.

–Le he visto salir hace diez minutos –le había respondido la secretaria.

¡Se había marchado del hospital! La había dejado ahí sin avisarle de que se iba. Solo se le ocurría una explicación: Dante debía haber decidido que no podía exponerse al dolor de poder perder otro hijo.

Rebekah bajó al apartamento y se puso a recoger la poca ropa que había dejado allí.

De repente, ya no pudo seguir controlándose, se dejó caer en la cama y rompió en sollozos. Tenía miedo y se sentía desesperadamente sola.

Nada más entrar en su casa, Dante oyó llanto procedente del sótano. Los sollozos se le clavaron en el corazón, pero al mismo tiempo sintió un gran alivio de haber encontrado a Rebekah.

–¿Por qué te has marchado del hospital sin mí? –le preguntó él entrando en el dormitorio del sótano donde estaba ella–. Te estaba esperando cuando James vino a decirme que te había visto meterte en un taxi, y yo creía que...

Dante cerró los ojos al recordar la confusión y la angustia que había sentido al enterarse de que Rebekah se había marchado del hospital.

–No sabía qué pensar –admitió él con voz espesa.

Dante abrió los ojos y algo estalló dentro de él al ver el rostro de Rebekah bañado en lágrimas.

–*Tesoro*... –a Dante se le quebró la voz al saborear sus propias lágrimas. Ver a Rebekah así le angustiaba más que nada–. Ángel mío, no te preocupes, saldremos de esta.

Los hombros de Rebekah se sacudieron con el llanto.

–Yo... creía que te habías ido –dijo Rebekah con voz ahogada–. Creía que me habías abandonado porque... porque no podías soportar este problema con mi embarazo.

–Cielo, jamás te abandonaré.

Dante se secó las lágrimas y se arrodilló al lado de la cama para estrecharla en sus brazos.

Rebekah olía a rosas y, a pesar de la tormenta emocional, sabía que le pertenecía a Rebekah y que ella era la persona a la que había buscado durante toda su vida.

–Voy a cuidar de ti y de nuestro hijo –Dante le acarició el rostro y, con temblorosa emoción, suplicó–: Por favor, *cara*, cásate conmigo.

Rebekah sacudió la cabeza, las lágrimas seguían resbalándole por las mejillas.

–No hay motivo para que te cases conmigo. Puede que no llegue a tener un niño –la sola idea de perder el bebé le resultó insoportable–. Y si no lo tuviera, te verías atrapado en un matrimonio sin sentido, con una esposa a la que no quieres.

–Ángel mío, sí te quiero. Quiero que seas mi esposa, mi amante y mi mejor amiga... durante el resto de nuestras vidas. Te amo, Rebekah —añadió él con voz enronquecida por la emoción—. Esa es la única razón por la que quiero que te cases conmigo, no tiene nada que ver con los derechos sobre nuestro hijo ni ninguna otra cosa.

Dante notó que a él también se le habían saltado las lágrimas, pero no hizo nada por evitarlas.

—Sé que estás asustada, pero James cree que todo saldrá bien y que la cirugía para corregir el defecto del corazón será un éxito.

Clavó los ojos en Rebekah y vio algo en las profundidades de los de ella que le animó.

—Sea lo que sea que nos depare el futuro, quiero que lo compartamos. Eres mi mundo, mi amor, mi vida... sin ti... sin ti no soy nada.

Atónita e increíblemente enternecida por las palabras de Dante, Rebekah le puso la mano en el rostro y le secó las lágrimas. Había llegado la hora de ser honesta con él.

—Yo también te amo —dijo Rebekah con voz queda—. Sé que parece una tontería, pero en el momento en que te vi por primera vez sentí como si me hubieran atravesado el corazón con una flecha. Conocía tu fama de mujeriego y me dije a mí misma que enamorarme de ti sería la mayor estupidez del mundo, pero... pero mi corazón se negó a seguir los consejos de la razón.

—*Tesoro mio cuore, ti amo* —susurró Dante antes de besarla con una ternura infinita.

Epílogo

EL SOL de septiembre, con su suave luz dorada, bañaba Casa di Colombe. En la explanada delante de la casa, Rebekah estaba recogiendo unas hierbas aromáticas para la cena que iba a preparar. Su primer libro de recetas de cocina había tenido tal éxito que la editorial le había encargado otro, aunque en este último la cocina tradicional de la Toscana era lo que iba a influenciar en sus recetas.

Rebekah levantó la cabeza al oír unas carcajadas y sonrió al ver a su hijo en los brazos de su padre intentando agarrar el agua de la fuente.

–Tranquilo, tigre –murmuró Dante sujetando bien a su pequeño–. ¡Qué fuerza tiene! Y está decidido a agarrar el agua.

Dante se apartó de la fuente y Leo lanzó un grito de protesta.

–Le gusta salirse con la suya, como a su padre –comentó Rebekah irónicamente.

Y lo decía por experiencia, acordándose de que diez meses atrás Dante, imponiendo su voluntad y en cuestión de diez días, había conseguido que se casaran y había arreglado todo para que pasaran la luna de miel en las islas Seychelles.

Se habían casado en la pequeña capilla próxima a la granja de sus padres, en Gales. Su padre había sido el padrino de boda y sus siete hermanos con sus respectivas familias prácticamente habían llenado la iglesia. Ella había llevado un exquisito vestido de novia de seda blanco y portado un ramo de rosas color rosa, sus cinco sobrinas habían sido las damas de honor.

Recordó la felicidad que había sentido al caminar hacia el altar, donde Dante la esperaba con un infinito amor reflejado en sus ojos grises, guapísimo con el esmoquin.

Pero estaba igualmente guapo en ese momento, con unos pantalones cortos y sin camisa, pensó Rebekah. Después de haber pasado ya un mes en la Toscana, Dante estaba muy moreno, y ella no pudo evitar acariciarle el vientre.

—Si nuestro hijo se dignara a echarse una siesta, no me importaría en absoluto llevarte a la habitación para hacerte el amor —murmuró él.

Y en el brillo de los ojos de Dante había una promesa sensual, una promesa que la hizo temblar de excitación.

—No parece muy cansado —comentó ella tomando a Leo en los brazos.

Y le pareció que iba a derretirse cuando el pequeño esbozó la más hermosa de las sonrisas, con un solo diente asomando por las encías. Y le abrazó con todo el amor de su corazón.

—Es maravilloso, ¿verdad? Resulta difícil creer que haya pasado por el quirófano hace solo tres meses.

No había habido complicaciones durante el parto. Leo estaba tan fuerte que los médicos decidieron operarle del corazón cuanto antes. Tras la intervención, el niño había pasado varios días en la unidad de cuidados intensivos, días de agonía para Dante y ella, pero días en los que el sufrimiento les había unido aún más.

Por suerte, Leo se había recuperado con una milagrosa rapidez. Y ahora, a los seis meses de edad, era un niño sano, lleno de energía y, desgraciadamente, no dado a dormir mucho.

–A mí me parece que se va a dormir –dijo Dante con los ojos fijos en el pequeño, que había apoyado la cabeza en el hombro de Rebekah–. Y cuando se duerma, te vas a enterar de lo que soy capaz.

–¿Me lo prometes? –bromeó ella.

A Dante la dulce sonrisa de Rebekah le quitó la respiración. Nunca habría imaginado poder llegar a ser tan feliz, pensó mientras se tragaba el nudo que se le había formado en la garganta. No le cabía ninguna duda de que su mujer lo amaba, y él a ella la adoraba.

–Sí –respondió Dante con voz ronca, rodeando a su mujer y a su hijo con los brazos–. Te prometo que nunca dejaré de quererte.

Bianca

El harén del príncipe cuenta con una nueva odalisca...

El príncipe Rakhal Alzirz tenía tiempo para una nueva aventura en Londres antes de regresar a su reino del desierto y Natasha Winters había llamado su atención... Decidió aprovechar la oportunidad para descubrir si Natasha era tan salvaje en la cama como dejaba intuir el desafiante brillo de sus hipnóticos ojos. Sin embargo, su descuido podría tener consecuencias. Natasha podría haber quedado embarazada del heredero de Alzirz. Rakhal se la llevó a su reino del desierto para esperar a que se revelara la verdad. Si estaba embarazada, tendrían que casarse. Si no, tal vez podría hacerle sitio en su harén...

La joya de su harén

Carol Marinelli

Acepte 2 de nuestras mejores novelas de amor GRATIS

¡Y reciba un regalo sorpresa!

Oferta especial de tiempo limitado

Rellene el cupón y envíelo a
Harlequin Reader Service®
3010 Walden Ave.
P.O. Box 1867
Buffalo, N.Y. 14240-1867

¡Sí! Por favor, envíenme 2 novelas de amor de Harlequin (1 Bianca® y 1 Deseo®) gratis, más el regalo sorpresa. Luego remítanme 4 novelas nuevas todos los meses, las cuales recibiré mucho antes de que aparezcan en librerías, y factúrenme al bajo precio de $3,24 cada una, más $0,25 por envío e impuesto de ventas, si corresponde*. Este es el precio total, y es un ahorro de casi el 20% sobre el precio de portada. !Una oferta excelente! Entiendo que el hecho de aceptar estos libros y el regalo no me obliga en forma alguna a la compra de libros adicionales. Y también que puedo devolver cualquier envío y cancelar en cualquier momento. Aún si decido no comprar ningún otro libro de Harlequin, los 2 libros gratis y el regalo sorpresa son míos para siempre.

416 LBN DU7N

Nombre y apellido	(Por favor, letra de molde)	
Dirección	Apartamento No.	
Ciudad	Estado	Zona postal

Esta oferta se limita a un pedido por hogar y no está disponible para los subscriptores actuales de Deseo® y Bianca®.
*Los términos y precios quedan sujetos a cambios sin aviso previo.
Impuestos de ventas aplican en N.Y.

SPN-03

©2003 Harlequin Enterprises Limited

Deseo

Una propuesta escandalosa
MAUREEN CHILD

Cuando Georgia Page aceptó la propuesta de Sean Connolly, sabía que era una locura. Pero creyó que iba a ser capaz de fingir ser la prometida del millonario irlandés por un tiempo, solo hasta que la madre de él recuperara la salud.

Esperaba poder mantener su corazón apartado de aquella aventura, por muy guapo y seductor que Sean fuera… y por muy bien que interpretara su papel. Le había parecido sencillo, hasta que sus besos y abrazos desembocaron en algo que ninguno de los dos había esperado. Algo que podía convertir su estrambótico trato en campanas de boda…

Enamorarse no era parte del trato

¡YA EN TU PUNTO DE VENTA!

Bianca

Lo que tocaba lo convertía en oro...

Drake Ashton sobrevivió a una infancia carente de cariño y de cualquier privilegio para terminar convirtiéndose en un arquitecto famoso en el mundo entero. Con una casa en Mayfair y dinero más que suficiente para comprar todo lo que pudiera desear, había conseguido dejar atrás su pasado. Hasta que tuvo que regresar a la localidad en la que nació... Layla Jerome se había visto atrapada antes por el lado más oscuro de la riqueza, por lo que un hombre con dinero no bastaba para impresionarla. Por lo tanto, cuando Drake se presentó en su pequeña ciudad como la personificación misma del rey Midas, se mostró decidida a no dejarse seducir.

Marcado por su pasado

Maggie Cox